U0935225

# 俄罗斯日记

Russia diary

阿 莹 / 著

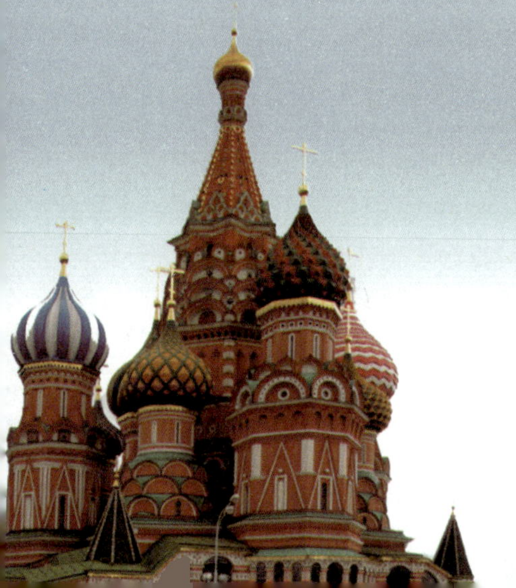

陕西出版传媒集团
陕西人民出版社

**图书在版编目（CIP）数据**

俄罗斯日记 /阿莹著.--西安：陕西人民出版社，2015

ISBN 978-7-224-11482-9

Ⅰ.①俄… Ⅱ.①阿… Ⅲ.①散文集－中国－当代②游记－作品集－中国－当代Ⅳ.①I267

中国版本图书馆CIP数据核字（2015）第061082号

**俄罗斯日记**

---

作　　者　阿　莹
出版发行　陕西出版传媒集团　陕西人民出版社
　　　　　（西安北大街147号　邮编：710003）
印　　刷　陕西金和印务有限公司
开　　本　787 mm×1092mm　16开　10.75 印张
字　　数　115 千字
版　　次　2015年5月第1版　2020年8月第2次印刷
书　　号　ISBN 978－7－224－11482－9
定　　价　32.00 元

---

阿莹，陕西耀县人，中国作家协会会员。1979 年开始文学创作，在国家级和省级文学刊物发表二百多万字的小说、散文、报告文学和剧本，多篇作品被收入各类文学选集和中学生课外读本。著有短篇小说集《惶惑》，散文集《绿地》、《俄罗斯日记》、《重访绿地》、《旅途慌忙》，报告文学集《中国 9910 行动》，长篇电视连续剧剧本《中国脊梁》和中国音乐剧剧本《米脂婆姨绥德汉》。其中报告文学《中国 9910 行动》获第三届徐迟报告文学优秀奖；歌剧《米脂婆姨绥德汉》获国家文华大奖特别奖、文华剧作奖等七个奖项，获第二十届中国曹禺戏剧文学奖（第四届中国戏剧奖曹禺剧本奖）；散文《饺子啊饺子》获第五届冰心散文奖。

散文集《俄罗斯日记》2008 年获第三届冰心散文奖，2013 年获俄罗斯契诃夫文学奖。

# 目录

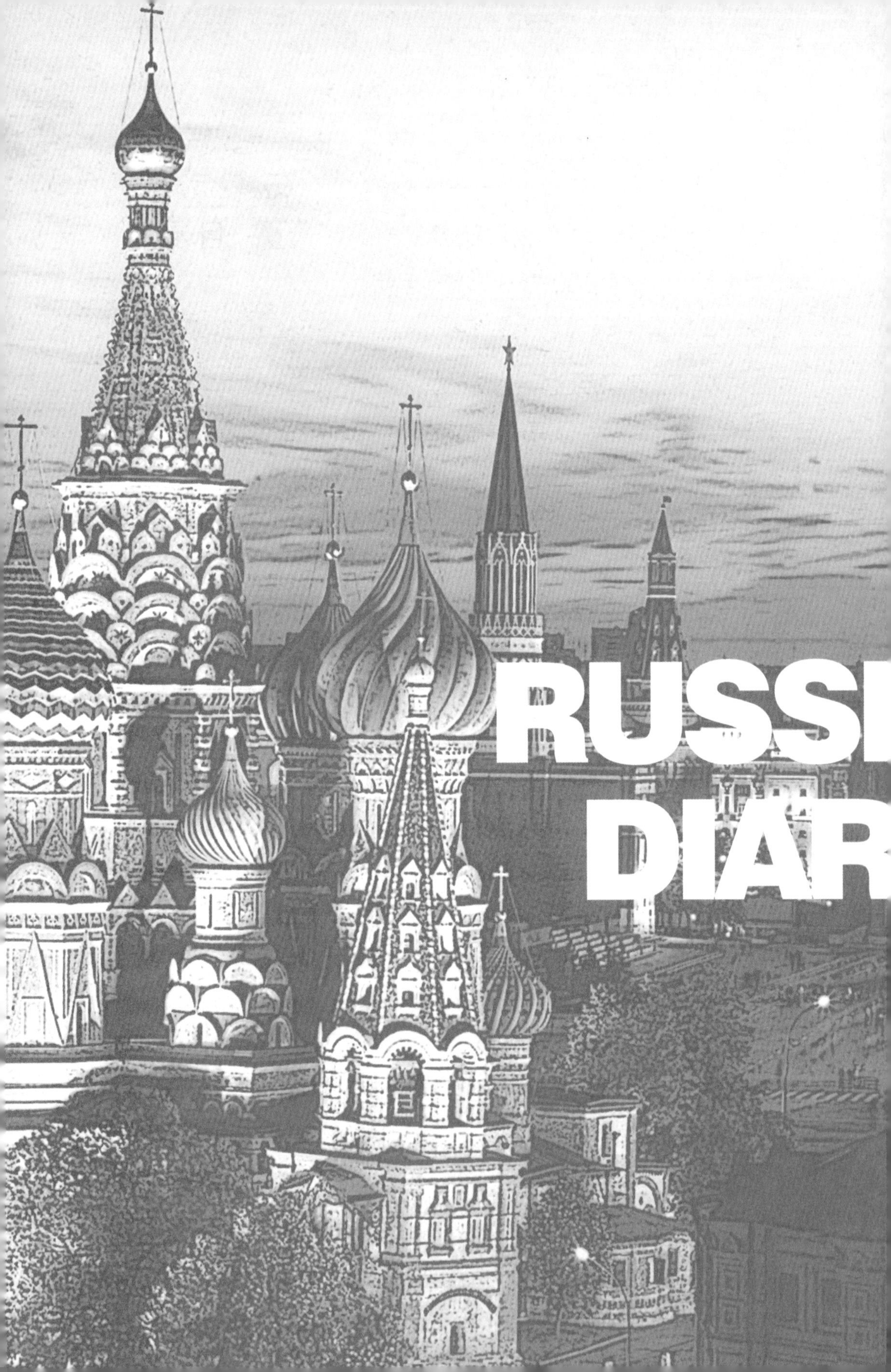
RUSSI
DIAR

# 自序

*preface*

我只要有机会跨出国门，就喜欢捡起年轻时的习惯，不管那天跑路多么疲惫，也不管那天回到宾馆有多晚，都会静下心来记上几页所见所闻，几次出访居然积累了厚厚的一摞日记。而且我还想炫耀的是，我喜欢用宾馆的信笺记笔记，那也蛮有意思的，开始我还没有意识到这些纸页可能成为一种收藏。那些来自不同国度的信笺，规格完全一样，形态却各不相同，淡淡地张扬着自己鲜明的个性，上面不但印有地址电话网址，还有宾馆匠心独具的标志，有的还把宾馆的风景若隐若现地影印在信笺里，引得人竭力想揭开朦胧看清楚宾馆的面目。更有甚者在制作时就加进了地产味料，展纸伏案，笔锋未动一缕香气便扑面来了，不由得你思绪要飘飘然。其实这信笺就是一种不被人们注意的旅游纪念品，若抽暇翻阅那些涂得乱糟糟的出访记录，信笺本身所传达的信息与上面的文字便引起我的连连回味，真真是一种情意绵绵的享受呢。

而这次去俄罗斯进行学术交流，我与多年的朋友李魁武、余顺青、张明安、毕建民等人同行，一路兴致所趋欢乐融融。这些专家学者肩负着重要的考察项目，但我们还不约而同地对那个经历了剧变的社会产生了好奇。我企盼着又能带回一沓沓染着俄罗斯风情的信笺和影集，于是我带着笔也带着相机，更带着一种探寻的心态，走过莫斯科走过圣彼得堡，也走近了俄罗斯神圣的东正教堂和承载着几千万生命的二战纪念碑。的确，由于俄罗斯的历史与我们中国的发展道路有着太多太多的联系，几乎在我们经历过的每个阶段都留下了深深浅浅的烙印，更何况我就是在前苏联援建的一个军工厂里长大的，在我那幼稚的记忆里就积存了许多关于苏联的疑问和传奇，所以在俄罗斯的日子，我尽管公务缠身，但我的目光却喜欢深入到街巷小屋树林河道去探寻。不过，那曾经在我们这代人内心留下的热情与梦想，依然会涌起共鸣和激动，那承载着许多历史故事的红场，那美丽的莫斯科郊外的晚上，那克里姆林宫塔楼上耀眼的五星，那浩浩荡荡流入芬兰湾的涅瓦河，那曾经被起义工农攻占的蓝色冬宫，那列宁格勒战役中浴血奋战的英雄，依然令我们这些来自东方的旅行者着迷，那红色情结始终在我胸中挥之不去啊。然而一个不容置疑的事实是历史已经发生了改变，有时候一个偶然的发现会使人仰天长啸，有时候又会生发哀叹愧疚。“苏联”带给我们的思索是沉重的，我们的确应该深入地准确地分析研究。我想去搜寻布尔什维克统治时期的辉煌业绩，但那曾经在许多画报和电影里出现过多少次的苏联国民经济成就展览馆，已经变成了一个庞大的小商品集散地；我与百姓交流前后两种社会制度的差异，年轻人与老年人的回答令我惊讶不已；我原以为在俄罗斯随处可见刚刚过去的那个时代的痕迹，可是除去那些个二战的纪念碑，可寻到的遗迹已如凤毛麟角；唯独让我感到钦佩的是俄罗斯人对艺术的喜好和尊重，在那颇多的城市雕像中我所知晓的那些艺术家政治家们都有一席之地。我多次遇见普希金、契诃夫、高尔基、车尔尼雪夫斯基和柴可夫斯基，当然还有列宁和朱可夫，而且俄罗斯人还为这些艺术品营造了一个舒适的生存环境。当然，我也留下了一个非常的遗憾，我曾竭力想去瞻仰列夫· 托尔斯泰的故居，那位伟大的文学家创造的不朽之作，让喜好文学的人们佩服得五体投地，我还在国内就仔细分析了托翁故居所在的图拉市位置，大概与莫斯科城有二三百公里，是一个以生产装备著称的小城，老人家就生活在城边的一个庄园里，如今里边陈列着托翁的生平手迹和生活用具，在那里我想一定会找到什么感觉会有什么发现的。可是没想到去那里的路还不好走，路途虽然不远但来回也要整整一天，原以为那么一个惊天动地的人物，一定是游客们趋之若鹜的圣地，一定会配备良好的交通设施，然而偌大的俄罗斯居然没有为这位伟人修造专用的旅游公路，加之我的同伴对肩负的工作充满了热情难以脱身，我只好放弃了这个在国内就酝酿了的念头，直到今日还耿耿于怀懊恼不已。前日去一位大名鼎鼎的朋友家索字，又在客厅见到托翁的头像，更是让我平添了些悔意。如果有机会重访俄罗斯，我一定会弥补心中的这个缺憾。

但是我必须遗憾地告诉朋友，在俄罗斯的日子，我几乎改变了在宾馆信笺上记笔记的习惯。在莫斯科，我们住的大使馆招待所，居然是真正意义上的“招待所”，服务册里夹着的是我们司空见惯的红色印刷体的中文办公信笺，毫无风情可言。而圣彼得堡的苏维埃宾馆却不愿意向客人提供方便，催得紧了就拿来几张复印用的白纸，这可把喜好收藏信笺的我给苦住了，只好将国内带来的一个笔记本派上用场，半个多月下来，居然书写了满满一大厚本，近来翻阅竟也读得心绪盎然激情满怀。于是我抵制不住诱惑，努力把其中的若干章节摘选出来，几经修饰便有了这一篇篇所谓的散文，几家报刊登载以后我便萌发了出一本俄罗斯游记的念头。完全是为了配合这些纷繁的日记，我听从朋友的建议，把我在俄罗斯拍摄的照片也塞进了书里。坦白地讲我并不懂摄影但我喜欢拍照，身处国外见到感兴趣的景物就禁不住要按动快门，每每出国回来便也会收获几大本的彩照，无聊时翻翻那些原汁原味的异域风情，欣赏自己拍照剪裁的摄影小品，也在不经意间进入了轻松的旅途，但不知收入书中的这几幅照片能否让读者也能产生这般共鸣。

感谢保庆、若冰、周明老师，为书题字、作序、撰文，也感谢出版社的朋友们为此付出的辛苦。

2004年3月6日午夜于古城南郊

# 再版自序

Reprint Preface

在契诃夫文学奖的颁奖会上，我说：《俄罗斯日记》在我的业余创作生涯中，是一个意外的收获，而这意外之中蕴含着我深厚的俄罗斯情结。由于俄罗斯的近代史与我们中国的发展道路有着太多太多的联系，几乎在我们上世纪五十年代出生的人经历过的每个阶段，都留下了深深浅浅的烙印，更何况我就是在前苏联援建的一个军工厂里长大的，在我的记忆里就积存了许多关于俄罗斯的向往和传说，也凝结了特别的遗憾和困惑。

在浩如烟海的世界文学宝库里，我对俄罗斯文学情有独衷，对契诃夫、托尔斯泰、普希金、陀思妥耶夫斯基、高尔基这些文学大师充满了崇敬。正因为如此，我在2003年到俄罗斯访问之际，尽管公务缠身，但我的目光却喜欢深入到街巷小屋、树林河道去探寻，喜欢到散发着历史光环的建筑遗迹中去品读，喜欢到红色的雕塑前去凭吊。步履所到之处，那曾经在我们这代人内心留下的热情与梦想，依然会涌起强烈的共鸣和激动。那承载着许多历史故事的红场，那克里姆林宫塔楼上耀眼的五星，那美丽的莫斯科郊外的晚上，那浩浩荡荡流入芬兰湾的涅瓦河，那曾经被起义工农攻占的蓝色冬宫，那列宁格勒战役中浴血奋战的英雄，依然令我这位来自东方的旅行者着迷，红色的苏维埃情结始终在我胸中挥之不去，以至我在工业展览馆看到曾经联合一起的共和国的少女们，围在一起舞蹈的雕塑不禁潸然泪下，这便成为我这次俄罗斯之行的文学主题。

尽管历史已经发生了巨变，然而俄罗斯民族对民族精神坚韧的守护和弘扬，对俄罗斯文化艺术的尊重和传承，特别是那美丽的俄罗斯大地，依然令我感怀万端。这些深远悠长的情思和感悟，便一一凝聚在《俄罗斯日记》中了。也以这种方式，向伟大的俄罗斯人民致敬，向俄罗斯文学致敬！

今天，俄罗斯作家协会把契诃夫文学奖励章授予我，对我是极大的鼓励和鞭策。契诃夫是我最崇敬的世界文坛巨匠。他的作品早在上世纪三十年代就开始介绍到中国，并且被选入中国的语文教材中，我就是最早从课本里读到契诃夫作品的，从此对我的文学创作产生了深刻的影响。这位伟大的批判现实主义大师，对于俄国社会深刻的观察力透纸背，他那忧郁中的乐观，微笑中的叹息，那幽默含蓄的风格，精炼自然的笔法，是人类精神宝库中灿烂的一章，具有永恒的艺术魅力和深刻的思想内涵，永远给我们以启发和回味。

契诃夫大师的写作经验以及英雄般的创作精神，是我们最好的文学营养，我非常珍视契诃夫文学奖这个珍贵的荣誉，感激他在离世一百多年之后，仍然给我送来文学的期待，使我获得别样的温暖和文学的力量。

我们有幸生活在当代，中俄文化交流揭开了新的篇章。中国人民正在进行着卓越的中国梦的实践，伟大的变革已经在中国大地拉开帷幕，这为文学创作提供了丰厚的艺术想象。我会把今天这个地方当作新的起点，会更加努力感悟生活，书文写字，回报祖国，回报大家，我也期待着再次踏上俄罗斯金色的土地，回味历史、憧憬未来，为中俄文化交流倾注绵薄之力。

此上是我的获奖感言，谨以此言作为再版自序，感谢所有为此书再版付出辛苦的人。

2014 年 7 月 15 日

*Russia diary*

*Russia diary*

# 早晨的太阳

Russia diary

那莫斯科的太阳居然会穿透厚厚的窗帘映到床头上，我只好睁开眼，发觉已是当地时间九点多钟了。尽管昨天我们经过十多个小时的飞行，抵达大使馆已是深夜两点了，但那充满诱惑的莫斯科就在窗帘的后面，寻访这片曾经激情燃烧的土地可是我多年来的一个梦想，无论如何在俄罗斯的第一个早晨不能在床板上度过。是的，为找到这片风韵犹存的土地曾经的感觉，我在昨天的旅途中又一次捧起了奥斯特洛夫斯基那影响了两代中国人的“钢铁”著作。主人公用生命在暴风雪中铺设的钢轨从那片冰封的土地出发远远地深入到了东亚的腹地，尤其那一声声来自涅瓦河畔的隆隆炮响，更是把沉睡中的雄狮震得睁大了眼睛。从那以后的几十年间，中国发生的许许多多事件都与“苏联”这个已经成为历史的名字纠缠在一起，时而阳光灿烂，时而暴风骤雨，时而大江浩荡，时而曙光微露。那强烈的好奇促使我跳起来拉开厚厚的窗帘，快意的阳光瞬时拥满了

莫斯科郊外

大使馆这套中式客房，一幅似曾熟悉的欧陆水彩在眼前舒展开来。

噢，一片灿烂的桦树林就簇拥在使馆的外边，几乎把窗框塞满了。一页镜面般的小湖镶在那里，有几个妩媚的太阳漂在湖面上微微笑着，好像在嘲趣窥视者的懒惰。依稀可见三五个老人在林间款款地遛狗，老人与狗的头上脚下都是黄黄的叶儿，鲜鲜嫩嫩的，犹如一块地毯铺在树林之间，深处则弥漫着一层浓浓淡淡的雾，似乎一缕一缕地飘浮着，与五彩的朝气游戏在一起，好像把无限的遐想也严严实实地裹了起来，感觉这莫斯科的郊外的确悠闲与恬静。

只是一会儿的工夫，浮在树林上边的一层雾霭便悄然退去了，一幢似曾相识的大厦神奇地在林后浮现出来，通体发散着亮晶晶的朝气。我认为那是一组从哥特式风格脱胎出来的建筑，高高耸起的主体顶部似一把利剑，两侧对称的裙楼则在腰间紧紧护拥着，最上面的“剑梢”上一个红色的五星光芒四射，傲视苍穹。我蓦然想起来，这就是体现前苏联中央集权思想的著名建筑莫斯科大学吧。这幢曾被印在台历与图册上的大厦挑起了我在青年时曾经的一个梦想，当然已经永远地封存在繁杂的回忆中了。盯着那栋孕含着革命思想的高等学府，好像许多像我这般已经不再年轻的年轻人，会在耳畔响起毛泽东那一段充满诗意与激情的演讲：“世界是你们的，也是我们的，归根结底是你们的。你们青年人朝气蓬勃，是早晨八九点钟的太阳……”，我们这辈人就是在这一诗句的鼓舞下，走出学校，走进工厂，走进广阔天地，也走进五彩梦想，掀起了中国在二十世纪后半叶所有的激情与梦想。在我提笔修改这篇拙文的时候，央视恰巧报道了一对曾经亲耳聆听过领袖演讲、已经白发苍苍的中国留

晨曦里的莫斯科大学

学生，他们尽管在那栋思维活跃的学府里度过了大半生涯，而对领袖风采的执着眷恋让我热泪长流。

不过窗外这水彩一般的美丽似与昨天晚上我刚刚踏上俄罗斯土地时的感觉大相径庭。那海关就是国家的脸啊，几乎所有国家都与人一样喜欢把脂粉抹在脸上。然而我们从机舱里一出来就像进入了一个阴暗灰冷的工房，人们紧簇地杂拥在一起，等待那些脸上毫无表情的海关官员的审验。更想不到的是，他们工作的柜台陈旧又零乱，横在入关者面前的日光灯罩居然落着厚厚的灰尘，而且赫赫海关大厅竟没有空调，每位关员的面前都有一只尘埃落定的小风扇，难道在上世纪风光无限的泱泱之俄罗斯真就这样轰然衰败了？待排到我过关时，小心地用手一碰面前的遮光板，真是两个清晰无比的手印，我真想在上面画一个硕大的问号。带着这种感觉进入了期待已久的俄罗斯，尽管出了机场通往市区的大道还有规模，但我被那异域的灰尘折磨得心情阴霾挥之不去，以致沉进梦里还感觉到一种困惑充斥了我的所有感官，好像那俄罗斯就应该窗明几净，就应该气派非凡，就应该风情万种，而眼前这一片朝气迷乱的景色似乎给了我些许安慰，找到了一点昔日沉淀在脑海中的感觉。

我欢叫着抱起相机冲出了那栋被暖气烤得发烫的大楼，扑进那神话般动人的桦树林，想与露水和朝霞来一个亲密接触。然而，出得楼门才发现中国驻俄使馆是如此之大，俨然一个中等规模的公园，我想转悠一圈随意看看新鲜的，回来时居然迷失了方向，几经周折才找到下榻的居所。那里可谓清水无痕，楼台亭榭，绿树环绕，曲径通幽，在早晨太阳的怀抱里英姿勃发，别具东方传统风韵。尤其一处廊形的展览馆前，正竖一高大旗杆，五星红旗迎风招展，在蓝蓝的天际里妖娆无限，使人想起这是中国在友邦的大使馆。时有三三两两的晨练者，或跑步或打拳或读书或吊杆，与那小湖中苏醒的白鹅野鸭相映成趣。显然那些白鹅是被人们宠坏了，我刚一站到湖边就鱼贯着聚拢过来，伸长脖子冲你“咕咕”叫着，撩得人不免怜悯起来，随手扔出衣兜里几片饼干，便争先恐后地把宽嘴插进水里抢夺不停。若有小鸭过来逗食，白鹅会仰起头来礼让三分，似也优雅自然不失风度。这真是一块梦幻般的世外桃源啊，但不知两国关系的波澜可在这里留下了难以平复的涟漪？

我曾经所在的那座工厂就是由这个国家援建的，当时称之为“苏联”。也就是这个缘故，我生长的那个环境就到处弥漫着浓郁的“苏

中国驻俄罗斯大使馆

联情结”。大概在我上小学的时候就知道了“苏联老大哥”、“苏联专家”等让孩子们仰慕的字眼，当我拿起工卡量具站到检验台前，便常听师傅们嬉讲些专家们的故事，无非是喜欢跳舞了喜欢接吻了喜欢漂亮了之类。还有些从苏联实习回来的干部们会津津乐道留苏时的情感经历，偶尔也会透露一点与俄罗斯姑娘拥抱的感受。而后中苏为捍卫真理而争论起来，当时居然闹得面红耳赤甚至动起了肝火，那次震惊中外的珍宝岛之战，更是被渲染得刀光剑影风声鹤唳，当时涌现出的一位姓孙的军官在党的代表大会上受到伟大领袖格外的恩宠，几乎羡慕得国人不知如何是好了。多年以后，我在中国军事博物馆看到曾经在边境线上横冲直撞的一辆苏军坦克，仍然为战士们敢于冒着对手密集的炮火，从冰冷刺骨的乌苏里江底拖出钢铁“罪证”感到欢欣鼓舞。不过在我浅薄的印象里感受最深的还是那部才华横溢的“九评”，那是中苏两党时代印迹深刻的思想论战结晶。我曾为那令人拍案叫绝的文笔搞得神魂颠倒，那潇洒严谨又略带幽默的文风也影响了我对文学对世界的思考。许多年以后我才知道那九篇论文是在伟人主持下集中了中国最优秀的学者拟就的。其实这种波澜壮阔的经历理应使国家和人民历经磨难而成熟起来，然而“苏联老大哥”突然对举着的红旗不感兴趣了，时任总统标新立异的“新思维”，把辉煌的苏联历史定格在了 1991 年 12 月 25 日。

然而，眼前这莫斯科的郊外旭日绚烂，草木茂盛，万籁无声，似乎那整个世界都为之动容的时代变迁，在这里没有留下一丝的痕迹，尤其桦林丛中的中国大使馆依然美丽如新，蓝天里飘扬的五星红旗依然鲜艳如虹。似乎走出了大使馆也没有闻到一点点火药味，也听不到来自街面上纷乱的嘈杂声，唯有莫斯科大学的楼里会隐隐送出领袖当年令热血青年为之振奋的激扬文字，桦树林的恬静在莫斯科郊外发挥得淋漓尽致，展现出一种神秘的雍容与典雅。似乎经历了暴风雨的洗礼，天上地下铺满了朝气蓬勃的太阳，使得那些晨练者的微笑无比和谐地融入了如画的境界，连密林里所有的树叶都忘记了欢呼，使空气在这个时候也变得纯洁和高尚起来。

啊，静静的莫斯科郊外的早晨，真的这么静静的吗？

2003 年 2 月 12 日于翠华小屋

# 漫步红场

Russia diary

莫斯科的初冬也是诱人的季节，因为有雪有风。

我们就是在一个寒风凛冽的早晨踏上莫斯科红场的方砖的，这时太阳已经爬上了斜空，蓝天涌满了棉花般的云朵，衬映得四周高低错落形形色色的建筑，有的绚丽多姿，有的暗淡沉稳，愈发地使人感到笼罩在这片历史中的悠久和神秘。不过现实有时候也会在人的脑际呈现不真实，我在画报和电视里多次目睹过红场的阅兵，总以为那里很是气魄和宽阔，今天站到这片波澜激荡的石头上，才发觉这个在二十世纪出尽风头的著名广场，其实占地不过二万多平方米，四面有楼相围像个宽敞的院子，但这个广场和广场的红墙承载了太多太多的故事，更是世界现代史绕不过去的地方，使得我们这些东方访问者面对寒风依然感到神圣和温暖。

在广场的南面有一圆形的宣喻台，灰溜溜地驻守在广场的入口处，那是早年沙皇们发布诏书的地方，我怎么也没看出这个简陋而

寂静的红场

单调的石质遗迹居然还是红场最古老的建筑物。也许就是这块饱尝岁月侵蚀的石头奠定了克里姆林宫和红场的地位。与之相反，后边那神采飞扬的瓦西里大教堂光华夺目，是伊万雷帝为纪念攻占两个公国胜利而兴建的标志性建筑，也许是受了伊斯兰的影响似有清真寺的影子，十一个洋葱头形的顶部，高矮不一簇拥紧抱，色彩反差粉白红绿，体现了不对称和多样性的艺术思想，远远看去艳丽的色泽和别致的形状让人多生遐想，似乎这种风格的教堂在欧洲也是不多见的。可能就是因为这座教堂建得太富想象力了，工程尚未竣工便好评如潮，那位恐怖的伊万为了不让世界上再出现第二座类似的建筑，竟然残暴地下令挖去了设计师的眼睛。当你有幸站到红场上欣赏壮丽回味沧桑，会感觉那十一个彩色的宫顶就像一堆眸子在审视着红场的变迁和历史风云的翻卷。

红场北侧那深红色砖楼，是建于十九世纪上半叶的历史博物馆，外墙颜色格外鲜亮，似缺失了历史的沉重感。据说里边收藏有若干价值连城的文物，原来是允许人们进去细细观赏的，但不知什么缘故那天没有开放，使人平添了些莫名的懊恼。东侧则是具有俄罗斯建筑风格的百货大楼横贯整个红场，顶部是长达四百多米的弧形玻璃顶，与对面的克里姆林宫遥相辉映。只是作为参观者绝不会想到，那古色古香的大楼里边会是小商品的交易场所，唯那里仍然保留着当年红场作为集市的古韵遗风，而且里边就是一个一个的小摊位相似又不相似，钻进去转一会儿就会被套娃、皮货、腰刀、玻璃搞得

红场边的博物馆

头晕目眩找不到出口。

当然，最吸引我们目光的是广场西侧克里姆林宫的红墙和红墙下那座三层高的小楼了。这就是让很多无产者曾经魂牵梦绕的列宁墓，整个是红色的花岗岩外墙，中间开有两页大门，门楣上方横书俄文字母“列宁墓”。原来这个国家的领导人阅兵时就站在列宁墓的平顶上。这是一个影响了几个社会主义国家的创意，能与当政者同时检阅火箭坦克和列兵的庄严致意，也会让墓中的无产阶级领袖感到无比欣慰。只是那墓衬在宽宽高高的红墙下，似乎难以生发豪迈情怀，反倒有缩进红墙犄角儿的感觉，这种压抑的感觉几乎贯穿了我们行程的始终。苏联解体以后的日子，一直有人动议把列宁的遗体迁葬到家乡去，但议会总难达到企盼的最低票数。想想也是一声长叹啊，一位缔造了这个国家的领袖百年以后连葬身之地都难以安宁，无论如何也算悲哀呢。我们随人群缓缓步入小楼，里边似乎贴着黑灰色的大理石，灯光清淡，气氛肃穆，通道朝下几拐，每个转角都挺立着穿银灰色礼服的卫兵，一旦有人说话便会坚定地示意禁止，立刻把人从欢愉中带入敬重凝滞的氛围。安放遗体的那个大厅也不算宽敞，在棺椁的正面肃立着几位持枪的卫兵，摆放着红红绿绿的花圈。那位撼动了世界的伟人静静地躺在一座透明的水晶棺里，穿着人们熟悉的黑色西装和碎花领带，脸颊似有淡淡红晕，那充满智慧和活力的额头泛着青青的光泽，神态平静而又安详，疑是指点江山运筹帷幄之后正在小憩，说不定哪一刻还会坐起来要求料理国事家事。据说斯大林的遗体原来也放在这里供人瞻仰，1961年被赫鲁晓夫们迁出，与其他领导人一起葬在列宁墓后面的红墙下。

红场上的列宁墓

我们告别了那位至今仍在影响着世界思想脉搏的人物，来到久仰的墓后的红墙下。原来这里还真是一片特殊的墓地，竖立着许多大理石半身塑像，那墓碑则有的竖立有的平卧，规格整齐划一，犹如列队在听候伟人教诲。据说团聚在这里的列宁后辈们基本上是政治局常委以上的人物，也有一些对国家作出过杰出贡献的著名人物与他们朝夕相处，比如那位被尊为无产阶级作家鼻祖的高尔基，人类历史上第一个飞入太空的宇航员加加林，当然这些人只能在红墙上嵌一小块铜牌，上面刻有他们的生卒姓名，而他们的骨灰就埋在铜牌下的红墙里，虽说与旁边的官员们相比有些委屈，但能在这里选择一块安息地，还是前苏联当时最高的荣誉，令多少英雄才子梦寐以求而悔恨不已。我突然意识到大多数的雕像前还放着一两束鲜花，与那些在寒风中抖动的云杉树们点头呼应，虽大江东去但余韵犹存，心中不仅是惊奇和羡慕，更有一种复杂的感觉涌上心头。

红场的确充满了红色的革命氛围，当我们转到克里姆林宫的东墙下，离朱可夫元帅跃马归来的雕像不远，还有一座著名的红军无名烈士墓，那是为永久纪念二战中牺牲的英雄的。将那些为保卫莫斯科献出生命的无名烈士遗体迁葬到克里姆林宫的红墙下，与那列宁墓隔宫而对，是不是还有什么寓意我就不知道了。我以为那个墓碑充满了艺术的魅力：红红的高墙下，红红的大理石平台，红红的长明火从平台上冒出来，像鲜活的生命在那里跳跃闪烁。长明火后边铺有一面锦絮低垂的军旗，其上祭着一顶绿色钢盔和一支桂树枝。任何人站到那里都会想到钢盔还在武器还在，而战士的生命已化作烈火在永远燃烧。有人告诉我，那墓碑上刻着一行永恒的文字：“你

朱可夫元帅铜像

无名烈士墓

的名字无人知晓，你的功绩永世长存”。在这无名烈士墓碑前，长年有身穿绿色军礼服的卫兵护卫，每到正点还要执行威武的换岗仪式，浓缩了人们对烈士们的怀念和敬意。可惜我们错过了时间，但我们感觉到了烈士的尊严，就连一群度假的小学生本来叽叽喳喳地嬉闹呢，到了这儿也忽然安静下来。几位身着蓝白校服的孩子把几束鲜花轻轻放在钢盔前，跳动的长明火与学生的校服交相辉映意味深长。我急忙举起相机，顽皮的学生们却忽然拥聚过来，镜头里露出了一群灿烂的笑脸。

只是这些幼稚的思维能理解昔日红场轰轰烈烈的情绪吗？

2003年2月13日于翠华小屋

# 走过克里姆林宫

Russia diary

这座被称为克里姆林宫的城堡给我们这一辈人带来的诱惑太大了，以致我们经过严格的安检，跨过那道闻名遐迩的红墙，见到那座罗马风格的塔楼和塔楼上那枚在十月革命后用一吨重的红宝石镶嵌成的五星，胸中便禁不住要涌起格外复杂的心情。在我莫名的印象里，那克里姆林宫是几栋连体的庞大宫殿，是沙皇们曾经生活和议事的场所。当年毛泽东抵达莫斯科访问就曾被给以特殊待遇下榻在里边，也许是世界观与性格的障碍，似乎他与赫鲁晓夫的恩怨也就是从那里拉开了序幕。

进到红墙里边才知道这座威名远扬的宫殿，是十二世纪中叶一位颇有建树的俄罗斯大公在莫斯科中心建造的要塞。那克里姆林宫一词的俄文原意就是城堡的意思，最早还是木制结构，因而频频受到火灾的光顾，几经周折才逐渐发展成为今天的模样。其占地是一个不规则的三角形，赭红色的城墙有两公里多长，城堡内还拥有七

克里姆林宫红墙

Russia diary

克里姆林宫塔楼

Russia diary

个规模不等的教堂，我着实分不清这些个色调阴暗的教堂有什么实质的区别，当然都会有着宗教里激荡人心的作用，只是我没能具备这些知识而已。但是我特别感到困惑的是，这堂堂克里姆林宫既然是沙皇们居住和统治国家的机关，为什么要把宗教气氛搞得这么浓烈呢？我们首先看到的是用白色大理石砌成的圣母安息大教堂，据说里边墙壁和窗棂上的彩绘故事有两千多个栩栩如生的人物形象。当时有不少人正在做法事，好像是在为车臣战死的年轻灵魂祈祷，教父的讲经台前点亮了一大片星星点点数千枚蜡烛，犹如那许多鲜活不安的灵魂在跳跃。另有一个报喜教堂的壁画，郑重地讲述了人类历史的灭亡与地狱的恐怖，内容如此为何又要称为“报喜”呢，也许是深奥的哲学层面上的意思。还有一个古老教堂里边安葬着历代去世的大公和沙皇，尤其是伊万雷帝九个疑被父亲杀死的儿子被安葬在最受尊重的圣像后面，那天我们排了很长的队，以为能一睹尊容或看到什么奥妙，却是一无所获。我至今不知道当初要在克里姆林宫内建造这些教堂的因由，但在自己和亲友生活的狭小空间要把基督也拉进来，也许是想控制与独享上帝博大的思想，也许是担心主人们走出城堡去教堂功课会遇上收麦的农夫，于是便把自己封闭在小小的城堡里，吃睡在里边，礼拜也在里边。那宫里还有一座古色古香的沙皇钟楼，如同神话世界中的小阁楼，谁也难以想到那竟是沙皇们监视皇族与百姓活动的瞭望塔。想来那些叱咤风云的人物生活在世间也是极为艰辛的，不但要考虑国家社稷的发展，还要防范来自红墙内外的谋算，一年四季必须把弦绷得紧紧的，稍有松懈就会招致颠覆之祸，如入虎穴如履薄冰啊，怪不得中外历史上都

克里姆林宫的枢密院

Russia diary

曾有过为追求爱情与自由而宁愿抛弃权重进入民间的皇贵们。

当然这座著名的宫殿充其量也只是一个又一个小王朝的官邸而已，只有当列宁把苏维埃的最高机关定位在克里姆林宫，这里才聚焦了二十世纪最精彩的镜头，历史的风云才在这里演绎出了生龙活虎的活剧。那高高的桥头堡式的库达菲亚钟楼上曾经飘扬的苏联红旗，曾经呼啸苍穹天公抖擞，激动了世界多少无产者前仆后继义无反顾。我清楚地记得那个寒风料峭的黄昏，那面在克里姆林宫上空飘扬了七十四个春秋的红旗，突然间从旗杆的顶端滑落下来，几乎全世界的眼睛都以各种心情盯住了那个难以忘怀的时刻，有悲愤有遗憾有喜悦有懊丧。如今那细细的顶杆上飘摆的是沙皇宠爱的双头鹰绿旗，这显然标志着又一个时代的开始。

不过今天俄罗斯的统治者对克里姆林宫依旧偏爱有加，依旧要把首脑机关放在那栋曾经被称为“枢密院”的大楼里。这是十八世纪俄罗斯新古典主义建筑的样板，一座有两个平台的三角形黄色建筑，外观严整平稳，象征着统治者期盼的心情与地位。而我感到惊讶的是那“枢密院”外边居然看不到游荡在政权要地的黑衣警卫，显然是担心会影响游人们轻松的心绪而隐藏在了目视不到的隐秘处。而且那大楼似乎安静得像一栋沉寂的博物馆，几乎未见奔走于楼间的匆匆要员。堂堂俄罗斯总统就在那二层的一间办公室里，似乎与游人们共享一块草坪一个空间，居然连司空见惯的车辆也没有。听说这克里姆林宫也就是近年来才全部开放的，可见今日的统治者大概悟到了亲民真谛，否则这些国家的管理者面对熙熙攘攘的人流要做到心静如水也是要花些功夫的呀。我忽然想普京不会哪天在办公室里呆得久了，想呼吸一

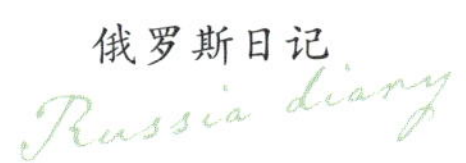

下新鲜空气，就会摆脱事务的束缚慢慢地走出来，就会碰到你我要闲聊点时事或摔跤。只是那大楼四周还摆放了一圈十四世纪以来缴获的法军大炮，各式各类的火炮均涂以黑色，昂着炮口威严地卧守在那里，冷冷地注视着川流不息的游人，似有意与百姓们拉开了朦胧的距离，在严阵以待守卫着俄罗斯的中枢，一旦发生危险就会从炮身后面冲出士兵，果敢地迎击任何敌人的进攻。特别是那个角落还卧有一尊“炮王”，这是我见过的古代热兵器中最为庞大的一尊，犹如一匹怒目圆瞪的雄狮傲慢地蹲守在那里，其炮管的直径就是一米，自重竟达到四十吨，已超过了今日的重型坦克，旁边放有三五颗炮弹，也有一二吨重呢。想不到十六世纪的俄罗斯就能制造出这般规模的火炮，似乎可以说这个彪悍的民族对武器的崇拜已经成了一种文化传统。不过我

著名的钟王

想这尊炮可能只是礼仪的需要，否则那炮身上为何要费功夫雕那么多的花纹，否则那炮管也太短，再怎么努力恐怕也可能击中前面的红墙伤了战友兄弟。

我原以为对钟鼎的喜好是华夏儿女独有的热情，而在克里姆林宫里也有一座被称为伊万雷帝的钟楼。据称是十六世纪俄罗斯建筑艺术的最佳作品，高约八十多米，曾经还是莫斯科地区的最高点，今天当然不算高峻了，其内陈列着从十六世纪到十九世纪建造的三十四口铜钟，最大的自重有六十多吨，让人着实敬佩。紧挨钟楼停有一尊十八世纪浇铸成的钟王更让人惊讶，直径已近七米，重有二百多吨，钟体刻绘着沙皇阿列克谢与皇后安娜的形象以及线条精美的图案。有趣的是十九世纪一场莫名其妙的大火烧红了克里姆林宫，惊乱之中有人将灭火的冷水浇到发热的钟体上，那巨型的钟体居然会被炸裂了一小块，仅那残块就有十一吨重。只是人们已无法将沉重的残块补到钟体上，便将残块摆放在地面上与钟面的豁口相对应，且已经成为宫中一道别具情趣的风景。

对于钟楼旁边那个珍宝馆里展出的众多灿烂内容，我的脑海已荡然无存，唯有一个双人御座金光灿灿还有依稀印象，有趣的是那靠背上还开了一个小小的窗口。那是俄罗斯历史上的一段幽默：1682 年，十岁的彼得与哥哥伊万同时登基，小哥俩黄袍加身同登御座，而那小窗口的后面则藏着幕后掌权大臣，指导小沙皇如何运筹帷幄颐指气使。这哥俩同朝执政一定有很多流传千古的遗憾与趣事让后人咀嚼玩味感慨连连，可惜我们没有那么多的时间去探寻。真有意思啊，这种垂帘听政的把戏看来还是人类各民族的共同“财富”，居然在这个喜欢新潮的俄罗斯民族的历史里也能找到痕迹，令人细细观来兴奋不已。然而我们的热情最终受到了抑制，因为我们寻访这里最感兴趣的是推翻沙皇以后的辉煌轶事，可是在文物满园的克里姆林宫里却难以找到曾经的遗迹，好像只有那几颗依旧闪着光芒的红五星在努力告诉后来人刚刚过去的故事。

2003 年 5 月 1 日于古城南郊

# 胜利广场遐想

Russia diary

那天我们早早乘车从大使馆出来，沿着莫斯科郊外的一条公路急驰，很快就从已经挂满黄叶的林阴里穿出来，蓦然投入一个开阔的广场，一座三棱利剑已威风凛凛地耸立在眼前。噢，这就是那尊在纪念反法西斯胜利六十周年的时候抢尽镜头的胜利广场吧！我曾经在一个展览上见过胜利广场的照片，当时还纳闷儿苏联解体后，信奉西方价值观的俄罗斯领导人对共产党人组织的反法西斯战争的纪念活动还居然折腾了如此的规模和声势。此时此刻，当我踏上这个由青砖组成的广场，还是被那傲视苍穹的气势所震撼了。

为了烘托胜利纪念碑，广场占地甚是开阔，极目四望没有其他建设可以与之比肩。若从边上步行至碑下，至少要十五六分钟时间，而且在人们去瞻仰纪念碑的途中，精心设置了一块一块稍稍倾斜的红色大理石纪念平台，每块上面镌刻着一个反击法西斯的年份，由远及近提示着当年抗战的历程。当胜利的“1945”推到面前，那剑

胜利广场

Russia diary

胜利纪念碑

型的纪念碑便细致巍峨地展现在人们面前了，那力量和勇敢便充盈了你全身的毛孔。这尊纪念碑从照片上看似乎还显得有些单薄，然而待你站到碑前才会感叹俄罗斯人非凡的气魄。那碑的造型为一把直刺云天的三棱利剑，利刃在蓝天的衬映下还似乎泛着凛凛青光，剑首是手执月桂花环的胜利女神正携美丽天使欲驾临人间，似乎在深情地告诉被战争涂炭的苍茫大地胜利就要到了。剑背上则浮刻着抗击法西斯的十二座英雄城市的名字，一定有古典的圣彼得堡和绿树丛中的莫斯科。底座是刚的力量雕塑，俄罗斯传奇勇士圣格奥尔基怒目圆瞪，手执长矛大刀，以力拔千钧之力斩断了象征邪恶的蛇头，尽管刀起头落身首分离，但你仍会感觉到那蛇身蠕动的顽强和垂死的蛇头发出的凶狠目光，让人顿时感受到搏斗的艰险和勇士的无畏。宏大的基座上时有许多小学生在勇士身边放肆玩耍，不知什么人献上的几束鲜花也格外醒目，和平与战争似乎在这个时刻进入了和谐和永恒。导游告诉我们，那纪念碑的高度已经凝固为 1418 分米，以纪念 1941 年 6 月 22 日到 1945 年 5 月 9 日俄罗斯浴血奋战法西斯的 1418 个永恒的日夜。

在纪念碑的后边是一座外形与颜色并不突出的二战纪念馆，但这个纪念馆却是我至今见过的规模最大的战争纪念馆。里边的规模之大使得我走出大门，仍没能分清楚里边还分为缅怀厅、统帅厅、光荣厅、纪念厅几个部分，只注意到展厅里陈列着二战时的许多实物，有火炮机枪，有飞机残片，有军毡大衣，还有杂志报纸。由于时间关系，我们只能走马观花地体会一下那场战争的壮烈和残酷。在一处橱窗里，我望见那么一张被硝烟熏染过的照片，一群女兵神情盎然提着枪簇拥着一位将军光彩灿烂，不由得让我想起《这里的黎明静悄悄》里描绘的美丽笑脸。那些富有青春张力的柔情生命，在强悍的法西斯面前表现得那么刚毅果敢，以致我在随后的参观中，耳畔时常会响起那位女兵在吸引敌人火力时爆发出的带着气喘的歌声。是啊，战争没有眼泪，也是没有性别的呀。

从一楼到三楼大厅或靠墙或靠柱摆放着许多战功卓著的将军的半身铜像。所有的铜像规格都是一样的，却有着不同功勋和命运，沿阶拾级而上，似乎越向上职务越高，到主厅对面我们终于看到了让法西斯闻风丧胆的斯大林铜像，基座上有生平简介。对于这位颇有争议的人物，我看到过很多的书籍和报道，有关他的传奇和诋毁交织在一起，显然这位强悍的格鲁吉亚人绝没想到在他一生叱咤风云、万众欢呼的背后，人们并没有把更多的鲜花送给他，还把他的遗体移出了列宁墓。不过在胜利纪念馆里，他仍然占据着一个还算突出的位置，毕竟是抗击法西斯的功臣和领袖，毕竟他那手执烟斗的严峻神色让希特勒们费尽了琢磨，显然那沉甸甸的历史还不敢否认这位元帅在抗击法西斯过程中的神勇贡献。

步入顶层的光荣厅，是一个穹形的巴洛克风格的圆顶建筑，只是里边一反教堂的神秘幽暗，灯光明丽，似星光璀璨，环形的白色大理石墙壁上面用金色密匝匝地刻着数得清又数不清的英雄名字，中央是一尊充满人性的战神雕塑，英俊的勇士一只手臂伸向和平，另一只臂腕则护着钢盔，里边竟露出一只闪着怜怜眼神的小鸟，强

纪念馆里的斯大林铜像

悍的勇士与孱弱的小鸟构成了生动而又鲜明的对照，勇士脚下则是1995年图拉机械师赠送的一把布满雕饰的巨型长剑。剑在脚下，鸟在手上，不知是否有东方的立地成佛之意，反正把英雄珍爱幼稚的情操刻画得细腻非常。而战神的两侧竟是两位在二战中功勋卓著的飞行员铜像，好像一位击落了六十四架敌机，一位击落了五十九架敌机。他们当然是货真价实的英雄，是墙壁上那密密麻麻的战死者的代表。噢，意味深长的是，在这光荣厅里，没有人们熟悉的将军，只有默默无闻的士兵。这就是俄罗斯艺术家的过人之处，当你在这间神圣的大厅里小心体会，便会明白一个永恒的道理：是千百万普通的士兵造就了大厅外边胸满勋章的将军们。

此时此刻，人们一定想知道那些将军和士兵们是怎样脱颖而出的，那六幅波澜壮阔的全景式油画，就系统地演绎了从1941年莫斯科反攻战到力克柏林的战役历程。这是一部成功的艺术创作，

参观者一旦步入那一个个激情展厅就会心灵震撼，不论站在左边还是右边，都会有身临其境的感觉。盯着奔赴前线的列兵，你会担心雪地上留下一长串暴露的脚印；望着赴汤蹈火的战士，你会听到激昂而急促的冲锋号角；看到冲过战壕的坦克，你几乎会吸入一辆辆装甲燃烧的呛人味道；发现红军攻进了柏林，你会隐隐感觉到炮弹落地引来的耳膜颤动……

我终于走出了略感压抑的胜利纪念馆，见到几位像是母亲的俄罗斯妇人神情肃穆地站在外面，似乎还沉浸在对战争对亲人的回味里，谁都能读得出那一脸的迷乱与凝重。但簇拥在她们身边的孩子们可就轻松多了，一张张稚气的脸上洋溢着由衷的笑容，叽叽喳喳

的趣语不时窜入广场上空，引来了一群鸽子发出明丽的哨声。是啊，这些可爱的孩子们听到展厅里那些催人泪下的壮举，也许会以为那是一个遥远的故事；看到那一件件缀着弹孔的钢盔，也许很难体会到生命的壮丽；置身在全景式的反攻战役面前，可能只会欣赏创作者绝妙的艺术。

我于是想到：战争，最痛苦的还是母亲！

2003 年 5 月 2 日于古城南郊

# 新处女墓故事

Russia diary

在莫斯科有一个被称为新处女墓的地方。

那天恬淡的空气里飘荡着微微细雨，很符合中国人清明的心情，我们踏入了这座象征名誉身份地位的墓园。据说那年彼得大帝因其姐姐索菲娅涉嫌卷入一场叛乱，龙颜大怒将她囚禁于古老而神秘的新处女修道院中，那个院里有十六世纪砌成的斯摩棱斯克圣母大教堂，有十七世纪用红砖建成的神圣钟楼，以及匪夷所思的索菲娅疑问重重的墓地，但这些古迹的光泽似乎都被后来在修道院边上建起的新处女墓给遮盖了。这的确是一个有趣的话题，但我无意考证这个墓地的发展历程，只知道原来安葬在这里的多是沙皇恩宠的达官显贵，后来上世纪初叶，前苏联政府规定这里只安葬国家领导人和作出突出贡献的各界名流。耐人寻味的是，这种荣誉还包括了国家领导人的夫人，所以上年去世的戈尔巴乔夫的夫人赖沙也长眠于此，这似乎是夫贵妻荣的陈规，也似乎是一种仁慈。

不过当你跨过那扇毫无特色的青灰色大门，会发现在这片并不宽阔的墓园里，还真是一个名人汇集的地方，一位紧挨着一位，每位生前都创造了或美丽或苍凉的不朽，任何有阅历的人都会在这里寻找到自己的崇拜对象。尤其令人兴奋的是那些享誉世界的墓碑，一个个形态各异，几乎都是一尊尊令人遐思无穷的艺术品，聪慧的设计者力求通过极有个性的墓碑造型来体现主人毕生的功绩和性格，都企望以自己独特的风姿和魅力能向来访者准确表述昔日的辉煌业绩，但有来访者注目敬仰之情也就油然而生了。你瞧吧，有的墓碑造型为一本翻开的大书，令人涌起想阅读传世之作的感觉；有的墓碑像一卷铜板，反映了主人在冶炼方面的突出成就；有的墓碑是飞机的模样，一定是图型或伊尔型飞机的总设计师；有的墓碑是一块洁白的大理石无字无图，令人浮想联翩回味不断；有的墓碑则像是分子结构，似在顽强地向人们灌输着惊人的发现。我不懂俄文，无法准确理解每座墓碑的含义，但我发现了一尊白色大理石的墓碑，一定是享誉全球的芭蕾舞演员乌兰诺娃。那墓碑是一块洁白的大理石自然剖面，亭亭玉立的舞蹈家将“天鹅湖”深嵌在不朽的石头里。面对那优美的定格浮雕，不论你的爱好如何都会对芭蕾舞的魅力深信不疑。紧邻有一尊墓碑是个喜剧演员，可能就是莫斯科马戏团的创始人尼库林，滑稽始终伴随着他的墓碑线条。两位艺术家也是缘分未了，生前也许无暇沟通两种舞台艺术的优劣，而今可以放纵地在这里无拘无束地交流过去和现在的艺术分歧。

在一个角落，我忽然看到了一尊传统形式的赭色墓碑，定睛细看竟是在中国现代史上有些名气的王明之墓碑。墓主人一生与中国

乌兰诺娃墓碑

的革命与发展格格不入，然而那墓碑是半身大理石胸像，衣饰是中山装，显示着主人的中国情结，只是碑体竟用俄文写着共产国际的政治活动家，不知是谁还在碑下散放了几束已经枯萎的鲜花和一小捧栗子。这个让人很难尊重起来的人物居然也能进新处女墓多少让人感到意外。与其不远，那座被称为修正主义的赫鲁晓夫的墓碑颇具特色，大约有一人多高的两块黑白分明、棱角分明的大理石嵌合在一起，紧紧地挤压着中间的头像，似乎在喻示主人公一生功过毁誉参半，又似乎隐含其性格鲜明。面对这位我这般年龄印象根深蒂固的人物，不免要令人发出些许的幽默来。按前苏联的规矩他本来应该葬在列宁墓后边的红墙下，如今与众多的名流显贵混居在一起，尽管不失尊贵却是失去了永远的威严。

本来我还想拜谒一下俄罗斯古典作家果戈里、契诃夫、阿·托尔斯泰的，却发现有一位身着黑衣的男子隐在碑林深处在仔细擦洗一块碑文。这引起我的好奇，便携导游上前询问，原来那座墓碑下安葬着他的父亲，一位与前苏联共产党总书记安德罗波夫共事的克格勃头目。那碑石居然也似中国传统的风格，黑石竖立，素面朝天，上面刻着主人平淡而神秘的生平。虔诚的儿子蹲在那里擦得好仔细，最后还掏出手绢把碑面的一两点污痕都擦去了，又摆上了一只花瓶插着浓浓的鲜花。见我们好奇，这位男子断断续续地告诉我们，他现在是五十多岁了，由于过去在军队服役，没能在最后的日子陪伴在父亲身边，现在退役了时间充裕，便常常来看看安息的高堂，也想和他老人家说几句心里话。噢，也难怪了，他该是一位没落的“贵族”子弟，对于他来说这地方宁静安详，还真是与父辈沟通的好地

赫鲁晓夫墓碑

方。我望着他那粗糙的衣服干枯的手掌突然心里想，这位前军人沧桑满面，一定早早失去了封建意味极浓的购物用车的特权，平民的寂寞在撕咬着他高贵的思维，面对莫斯科河畔熙熙攘攘的商贩和列宁大街上川流不息的车流一定牢骚肠断，但我没有问询，因为从他的语气里知晓他对那些导致了苏联解体的那些脱离人民的特权依然非常怀念。

雨下得大了，墓地里小径湿了，我们开始往外走……

2003 年 5 月 2 日于古城南郊

# 回归的建筑

Russia diary

曲折的历史有时候会让“凝固的音乐”命运尴尬。

在莫斯科的库图佐夫大街上有一座敦实的凯旋门，已经在那里静卧了一百多年，不知吸引了多少文人骚客的目光和思维，连高尔基也有过夸张的赞誉。这座凯旋门可以说是“莫斯科交响乐”中一个精巧的“前奏”呢。我们这些来自东方国家的访问者抵挡不住它的诱惑，在一个晴朗的时刻来到那久慕的凯旋门前，一个个小心地避过川流不息的车辆，想把这座古建筑的神韵留进方寸胶片。据说当地人对这座巴洛克式的凯旋门充满敬意，那是为纪念十九世纪初叶俄罗斯打败拿破仑而筑起的一座标志性建筑。是不是其中有什么刻意想羞辱法国人的味道，或是包含了向昔日帝国挑战的追求，其规模和造型与巴黎的凯旋门极为相似，顶部是一位神采飞扬的胜利女神，背插奇异的双翅，手执柔情的月桂花环，驾驭着六匹奔腾的马车，风风火火地从远处朝莫斯科驶来，好像宽敞的库图佐夫大街

库图佐夫大街上的凯旋门

上正站满了欢呼雀跃的民众，真可谓威风八面洋洋自得，那敦壮的门柱旁还站有四尊俄罗斯士兵的塑像，手上刻着“驱逐法兰西，解放莫斯科”的字样，一副慷慨激昂为国献身的神情。整座凯旋门呈现一种与巴黎不同的黑灰色，而愈发显得凝重和悠久。这样的一件艺术品，尽管名气逊于巴黎的凯旋门，却还是有它不可否认的独特魅力。

然而谁也没想到，这座恢宏的凯旋门竟在 1936 年被当时的市政府拆除了，理由是门洞太小影响汽车通行。我们无意考察是谁下的这道命令，反正顷刻间这座联结着历史的凯旋门失踪了，魅力张扬的大道变成了坦途，然而却轻垮垮地丢掉了厚重的历史，招致城里城外骂声如潮。后来市政府的要员们惊奇地发现那巴黎的汽车根本不钻凯旋门，而是从两侧绕行的，这让几位优越自负的俄罗斯人好是懊悔，这么简单的一个问题愣让自己给折腾复杂了，于是在

1968 年按原图纸恢复了凯旋门，这也似乎体现了一种诚实与大度，于是人们长长地松了一口气，总算让历史回到了 1936 年，也让我们这些东方游客满足了寻访历史的悠悠雅兴。然而令我们震惊的是，遭此厄运的不仅于此，还有一座也是为纪念抗法胜利而建的救世主基督大教堂，足可谓“莫斯科交响乐”的一页“华章”。这座矗立莫斯科河畔闻名遐迩的大教堂，是十九世纪三十年代完成设计开始建设的，据说里边的雕塑整整开凿了十七年，壁画创作了二十三年，直到 1887 年才开始启用，当是莫斯科造型最美藏画最多的教堂。然而当我们随着参观的队伍默默地进入宽阔的教堂大厅，望着许多演绎着宗教故事的精美油画唏嘘不已时，导游小声告诉我，你难道没有发现这座大教堂是新建的？那是在上世纪初叶，莫斯科市政府不知是出于何种考虑，竟在 1931 年炸掉了这座珍贵的古建筑。我扭过头惊愕地瞪大眼睛，居然会有人面对这精美绝伦的艺术下此动议！要知道这座建筑极其宏大，我在里边流连忘返，上上下下也不知欣赏了几层，单是那大厅的柱子就有上百根，里边的圣物特别是那些艺术珍品多得数不胜数。

然而这是真的！

我在地下大厅的一角见到一个橱窗，如实反映了当年炸掉教堂后的场面，留下的只是杂乱的砖石废墟了，像被战火焚烧过一样。橱窗里还陈列有一张设计效果图，原来有人居然打算在教堂原址建造一座两百多米高的苏维埃宫，顶部还设计了一尊高达四十多米的领袖雕像。这简直不可思议。这个非凡的创意可以选择另外的地点啊！我看着那已泛黄的效果图心想，若是真建成了，莫斯科河畔就

重建的救世主基督大教堂

是另外的风景了。可是世间的事情奇巧至极，好像冥冥间有一种无形的力量扭转了事态的发展，待那苏维埃宫的地基打好后，不知是谁发现那张由当时著名建筑师绘制的图纸在设计上存在重大缺陷，几经折腾论证不得不放弃了原来的构想，使得那个蹩脚的设计永远地放进了档案柜。然而更不可思议的是不知又是出于何种考虑，当权者们又动议在已建好的地基上修造了一座露天游泳池，简直让人怀疑这真是对艺术和历史极其钟爱的俄罗斯人的决定？但这也还真是事实，橱窗里真还有一张照片清晰地反映了当时的情景，碧波荡漾的泳池里星星点点挤了许多人，只不知道那些戏水者的感觉如何，不知道当年进入那个泳池是否也是特权待遇。

我在那教堂地宫里还看到许多张上世纪八十年代教徒们抗议请愿的照片和一些主教们穿过的华丽外衣，看来当地的教徒们对炸毁这座精美的大教堂一直是耿耿于怀的。故事已经过去了六十多年，还在抒发着愤怒的情绪。显然是为了迎合教徒们的请愿，莫斯科市长在 1994 年作出了重建救世主大教堂的决定，于是经过长达六年的建设，耗费了二十八亿卢布，终于又在潺流的莫斯科河畔恢复了这座救世主大教堂，似乎葱头形的五个圆顶还是那么金光灿灿，似乎白色的大理石墙面也还是那么圣洁，但里边的结构和形式就不知道跟原来的设计有无区别了。我注意到里边的装饰和建筑处理，尽管弥漫着浓烈的宗教色彩和基督情绪，但还是有些现代没能修旧如旧。尤其让我想找到答案的是，原来教堂里那些不朽的油画作品呢？现在布置在各个大厅的油画是今人的复制品还是当年艺术家的创作？也可能因为这个教堂的特殊经历，使其具有了特殊的象征意

美丽的叶卡捷琳娜宫

味，但凡要进入这座崭新而又古老的建筑物必须接受安检，这在俄罗斯的旅游点是少有的程序，看来重建又添了许多重建的麻烦。

当我终于步出这座坎坷的大教堂，站在大街上竭力想望见那座与这座教堂有着相同命运的凯旋门，不禁思绪如潮。似乎莫斯科这两座经历了劫后复生遭遇的历史建筑，其实正似一支旋律的“休止”与“起奏”，尽管曾经让好事者扼腕长叹，却又增添了更复杂更趣味的故事。

2003 年 5 月 7 日于古城南郊

# 阿尔巴特步行街

*Russia diary*

在我的印象里，莫斯科最具俄罗斯风情的街道就数阿尔巴特步行街了。以前的许多游记都把那条小街描写成前苏联最自由的场所，在那难以思绪放纵的环境里，似乎人们可以在这里找到知音，尤其是艺术家们可以把自己与主流文化有距离的观点和作品摆到这里来

阿尔巴特步行街

阿尔巴特步行街的酒馆

喧嚣和兜售。我记得曾经有一篇游记讲，作者在莫斯科的几年间最惬意的事情就是在阿尔巴特步行街上悠闲，好像画报上还有几幅反映街道时尚的照片，牛仔服文化衫以及情侣们的笑脸把个步行街勾勒得风情万种而又迷乱万千。

这样一处地方不去品品味是会留下遗憾的。在我的竭力怂恿下，来自中国的专家们舍去了莫斯科大学观景台的游览项目踏上了阿尔巴特大街。但走了好一阵儿大家兴趣索然，似乎这条被称为阿尔巴特的街道与我原来的印象大相径庭。首先就不是步行街，那街面宽宽的，应属城市主街道，来往的游客车辆川流不息，两边是各类专题的时髦商店，街面上还整整齐齐地静卧着一溜儿泛着青绿的花坛。这儿有点类似北京的王府井、上海的南京路，大概是莫斯科繁华的商业区。但那位导游指着街牌斩钉截铁地肯定，这里就是“阿尔巴特”。我们无奈只好“随遇而安”了，见到一家大型超市就相跟着进去了，里边的物品虽然档次不高，但也称得上琳琅满目，所有的货架都摆放着充足的商品。我注意到那水果蔬菜要比我们国内的贵出许多，水蜜桃苹果香梨是我们国内价格的两三倍。超市里正巧有两三位中国留学生在采办果蔬，他们似乎对物价已很是满意了，指着筐里的啤酒青菜说，1998 年俄罗斯经济实行“休克疗法”导致物价飞涨，卢布的价值一落千丈，记忆中的那个新历年他们三四个同学刚抵异国他乡，想解解嘴馋，但进了超市转了几圈，被那天文般的价格吓得只拎了一只茄子一根香肠，没想到竟也要了上万卢布，几个人惶惶恐恐再没敢动超市的东西，匆匆赶回宿舍围着那紫皮茄子酱色香肠吃了个净光。如今俄罗斯换了新卢布，价格才渐渐

阿尔巴特街上的小摊贩

稳定下来。我提了一大兜俄产巧克力，竟然只要两千多卢布，合人民币一百多元。但这些绝对不应该是“阿尔巴特”的感觉，我们在超市外面又碰见一位中国留学生，仔细打听才弄清楚，这条大街曾被称为高尔基大街，是最近几年才恢复了原来沙俄时的名称，而那条游客们痴迷向往的阿尔巴特步行街在旁边的小巷里。

步入这条小街好像还有点异域特色，只准行人步行出入，过往的车辆均被小街入口处的几根石桩给挡住了。街面是由欧洲司空见惯的小块方石铺就的，密密麻麻，洋溢着古老的风韵；街中央摆着许多售卖工艺品的摊位，两侧的店铺也多是经营文物艺术品的商铺，一切都平静得如流水一样。看来激荡的历史演变在这里以另一种形式表现出来。我们在阿尔巴特步行街没有见到所谓的不同政见者，也没见到艺术叛逆者的尊容，唯见这里的店铺主人在拼命招揽生意。俄罗斯店铺的门面都不大，有人戏谑地说是因为沙皇时代曾规定收税是以门框的尺寸为依据，使得今天这些店铺的门面都是单扇小门。当然阿尔巴特街的物品还是特色浓郁的，有的商铺经营古旧雕塑，有的商铺经营现代油画，有的商铺经营文物瓷器，铺铺都堆有令人眼花缭乱的套娃。而且那些店铺里的物品价格也是不菲，有一组绘有俄罗斯文豪的套娃居然要上万卢布，似乎一般的风景图案要便宜些，绘有人物的作品就要贵些。那些色彩鲜艳主题风趣的套娃真是俄罗斯的国粹呢，你只要踏上这片风云漫卷的土地就紧随在你的左右了，几乎在每个宾馆旅游点都有出售。一个一个犹如甜瓜般大小的套娃们叠缩在一起，好像只有一个灿烂妩媚的形象，如果小心拆开来，便是一个比一个小些的可爱图案，而这些图案排列起来便可能是一个童话般的宗教故事，或是一组已经和正在改写历史的人物，或是一组流光溢彩的莫斯科风景。这些色泽艳丽的套娃也是政治的晴雨表呢，好像以普京的头像制成的套娃几乎在每个摊点都有，俄罗斯人对这位年轻的领导人是很崇拜的。从他上台处理的几件事就可看出，这个在列宁格勒度过童年时代的克格勃具有高超的政治智慧，上任伊始便宣布不追究俄罗斯第一任总统的任何责任，避开了一股扑面而来的复仇情绪。在选择国家标志时，恢复了苏联的国歌却又采用了有沙皇痕迹的国旗，使每个方面的追求者都感到安慰，像这样一位人物成为套娃的题材也就不难理解了。不过我在阿尔巴特小街终于搞清楚，那影响价格的内在因素是绘制套娃的工匠们的名气和工艺，因而套娃大小可能一样，但价格会差几倍。我经不住一位俄罗斯姑娘的执意“煽动”，在阿尔

套娃里的文学巨匠

巴特街上购买了一个以克里姆林宫为背景的蓝色瓷盘。那位美丽的姑娘很能体会顾客的心情，还主动示意给她和磁盘照了一张合影，以此证明这个瓷盘是来自莫斯科的阿尔巴特步行街。

在我们快要步出阿尔巴特街的时候，大家不约而同发现街面上有一位守着小货车专售套娃的摊贩特色鲜明，老人穿着鲜红的俄罗斯民族服装，戴着绣着碎花镶着银边的帽子，特别是他那一脸浓厚的棕色络腮胡，衬以各种套娃堆起来的灿烂背景，正张扬出这条小街浓郁的民族特色来。这可是一个真正的好题材，我想给他照张像以为纪念，但老人伸手阻拦不予配合，反而示意必须购买他的套娃。我实在是被他的形象迷住了，只好掏钱在他的摊位上又买了一只绘有宗教传说的套娃。于是我端起相机瞄准了这个堆满套娃的小货车，那售货的民族老人这下配合默契了，怎么摆弄都不恼了，脸上还始终挂着俄罗斯人特有的俏皮和得意。

遗憾的是在这条真正的阿尔巴特步行街上，始终没有见到示威演讲也没有奇装异服，这好像也算一个小小的收获吧。

2003年10月2日于古城南郊

# 那凝固的历史

Russia diary

如果想在莫斯科寻觅一座能代表前苏联艺术成就的标志性建筑，恐怕就属今天被称为全俄展览中心的地方了。

那地方好像在宽敞的莫斯科城的南部，正门前面有一片非常开阔的广场，慢慢走进去就会感到自己在慢慢地缩小，隐约可见那些随影相跟的整齐车位与交通标志，可以想象多年前这里一定盛况空前眼花缭乱，整天熙熙攘攘车水马龙，吸引了全世界对这片土地情有独钟的目光。如今这里已经萧条得可以了，偌大的广场上并不见多少悠闲的游人，匆匆而过的当地人手上肩上大都承载着沉重的"收获"，时有从远处飞驶而来的出租车会突然停到某个人面前，车窗里便闪出一双冷漠的眼睛霍然相向，直惊得我们这些造访者心中打鼓，东张西望，生怕在异国他乡遇上什么倒霉的麻烦。尤其是环绕广场的那一溜儿粗糙的广告牌，已被来自北冰洋的寒风吹得斑驳陆离，使我们这些东方游客不由得怀疑起今天的选择有没有必要。然

俄罗斯展览中心大门

Russia diary

而矗立在人们视野里的那座展览中心的大门，还是大义凛然威风八面，中间是布满浮雕的弧形拱梁，与前后两排十二根方柱托起一组绝对布尔什维克的雕塑：一男工人一女庄员高举着一大捆丰收的麦穗，意气风发昂首阔步迈向理想的明天。这尊雕塑我们是太熟悉了，由于人物逼真形象生动，而成为当年莫斯科电影厂的片头标志，一旦想观看苏联黑白或彩色的电影，那形像便踏着节奏旋转着印进了人们脑海，进而也影响了中国两代人的美学思想和艺术创造，无论是“文革”时期那令人窒息的宣传画，还是遍布于各个城市的主题雕塑，都能找到这类踌躇满志的影像。而这个展览中心大门应该是脱胎于库图佐夫大街上的凯旋门，但又比之巍峨壮观，生生营造了一个春天里的童话，由此可见俄罗斯人海纳百川的超然气魄。

步入大门，迎面而来的是俄罗斯展览馆，远看似乎有些像缩小的美利坚白宫，近看却没有了一点影子。但我多年前从一位留苏工程师的书橱里就知道了，在这个曾经被称为“苏联国民经济成就展览馆”的地方，苏维埃联盟里的每个“共和国”都施展才华，建造了一栋栋民族风格浓郁的建筑，里边集中展示了那个“共和国”当时的辉煌。然而我们最先注意到的是展馆前面一座耸立在红色大理石基座上的列宁铜像。这多少有些出乎我们的意料，在方圆上千平方公里的莫斯科好像当权者在有意隐去前苏联的印迹，那个激情燃烧的岁月留下的烙印在大张旗鼓地被一点一点剔去，甚至苏联时期的地名楼名市名都在一个早上复辟了沙皇时代的称谓，在这个喜好文化、喜好用铜像来装点城市的国度里，极少遇见苏维埃缔造者的身影，因而能在这儿见到列宁，不能不感到诧异感到兴奋。这位风靡全球的无产阶级领袖披着俄罗斯式的风衣，左手捏着扬起的衣襟露出偏爱的领带背心，右手握着一卷刚刚绘就的理想王国的蓝图，也许他当时就清楚这幅蓝图一展开就会引来经久不息的争论，那朋友和敌人都非常熟悉的额头微仰眉头微蹙，神情严肃地注视着俄罗斯大地上的每一点变化，似乎面对后辈的离经叛道更多了些惆怅和懊丧,似乎那胸中积存了太多的郁闷直想冲破金属的束缚一泻而出，我们默默地伫立在铜像面前，几乎都能感觉到这种情绪在那躯体里丝丝作响，眼看着就会在某一个瞬间突然爆发。

而且那铜像身后的俄罗斯馆，已经没有了“国民经济成就展览”的味道，呈现给我们的“俄罗斯成就”是用一个个小摊位小柜台和无数零乱的小商品堆饰起来的，一旦钻进去就像进入了用杂物堆砌

展览中心里的俄罗斯馆

起来的迷宫。有的柜台展销的是俄罗斯民间工艺品好像还说得过去，有的柜台经营的是来自世界各地的小家电就有些不伦不类，有的柜台堆满了粗糙的地产工业品实在感觉有些无奈，有的柜台则布置了花花绿绿的服装衣帽却少见民族风貌。可以看出里边的空间原来是很宽敞的，却由于充斥了这些内容而显得杂乱无章猥琐拥挤，就像进了国内哪个县城的小商品集散地。尤其让人感觉窒息的是空气中还弥漫着一种浓烈的霉汗味儿，站一会儿就会感到头昏脑胀，丝毫也体味不到购物的惬意。我们只好跑出来又钻进乌克兰馆和白俄罗斯馆，居然是一个模样一个感觉。原来，这个占地二百多公顷的“展览中心”已经演变成了庞大而杂乱的地摊级的贸易广场。这好像算是一个讽刺，用市场经济最活跃最贴近百姓的“要素”占领了展示计划经济成就的“中心”，其本身也可以算得上一个莫大的“成就”。只是我们原以为这里每一个展馆销售的商品应该能代表那个“共和国”最突出的特色，岂不料馆馆杂陈趣味全无。出发的时候大家还以为在这里可以买到纯正的俄罗斯纪念品，如今却空留下一个无奈的梦想了。我只在里边看到一组树皮画还算有些异域特色，便慷慨解囊用不多的美金买了几块，想着回到国内也可与朋友分享俄罗斯迷人的风光，没想到在后来的旅途中见到类似的树皮画价格却是原来的一半。

在这样令人沮丧的环境里游览可想会有什么心情？然而当我们也不知从哪个共和国的展馆里钻出来眼前竟豁然一亮：这些展览馆拥抱的中心大广场可真是美丽，一大片在寒风中依然嫩绿的草地，像锦缎一样沿起伏的地势铺向视野的远处，使人感到格外的舒坦轻松，恰与馆内的龌龊形成强烈对比。哦，那就是我在国内画报里见

展览中心里的少女雕像

过多次的“人民友谊”喷泉吧，十六位身着各民族服装的少女环绕着一大堆象征丰收与团结的金色麦穗，歌之唱之，舞之蹈之，待那喷泉一涌而出，彩虹与金光辉映，游客与少女齐舞，其情其景动人心弦，似乎展现了一派欣欣向荣歌舞升平的欢乐景致，于是那里便自然拥去了许多游客搔首弄姿。然而那摄进镜头的美丽还是昔日苏联鼎盛时期的感觉吗？是啊，这些舞蹈的少女们可能想象不到多年以后她们会离开那堆金色的麦穗，会脱离那个用花束环绕的舞台；也想象不出姑娘们面对今日境况是否会留恋过去的那个丰收季节？是否会感谢把她们组织到一起排练理想的布尔什维克大师？

想到这里我心情便不由得沉重起来，慢慢回首草地边那一个个

展览中心的哈萨克展馆

展览馆，蓦然发现这里真像是一个苏联时期的建筑博物馆，形态迥异大小有序，有的像古希腊的大殿特意突出了那一圈柱子，有的像东正教堂在圆顶上做足了文章，有的像一栋森林别墅毫无灵气可言，还有的像是维吾尔族的清真寺蓝天一般清清爽爽。当属那哈萨克馆建得雍容大气别具风采。门外有两组基本对称的雕塑，两面旗帜下各有三名工人农民士兵，以他们那个时代特有的姿态张扬着不灭的激情，更有那拱形的门楣显露出哈萨克民族的个性特征。不远处还耸立着一尊拔地而起的火箭，那是为纪念苏联宇航员加加林飞天处女航而修建的太空碑，高有一百多米，似乎在等待着飞行指令，面对苍穹仰望蓝天，浩瀚的太空有太多太多的奥秘在等待着人们前仆后继。我知道用不了多久我们祖国的“神舟”也会为太空探索补充新的篇章，也会上演很多很多充满悬念的动人故事。

我突然意识到，这个浩大的“中心”，的的确确是“苏联国民经济成就展览馆”啊，那一栋栋式样别致的建筑，那一个个身着民族服装的金色少女，不就是昔日苏维埃联盟的缩影吗？如果岁月再翻过多少年，当人们要回顾历史体会当年苏联的气魄和成就，最好的注释可能不是已经尘封的《真理报》，不是档案柜里一沓沓的文件报表，而应该是这个集中了当时大手笔大智慧的“中心”，昔日的气魄昔日的精神昔日的成就在此集大成，真让人大开慧眼啊。然而可悲可叹的是曾几何时，似乎“坚如磐石”的“苏联”已经灰飞烟灭，已经成了历史教科书里的一个普通概念，曾经在这个概念下生活的共和国们已经揣着各自的梦想各奔西东，只空留下一栋栋建筑一位位少女在异国他乡经受风雨。

我相信这里终究会成为一个时代珍贵的文物园区！

2003 年 10 月 2 日于古城南郊

# 走近圣彼得堡

Russia diary

从莫斯科那昏暗陈旧的火车站登上开往圣彼得堡的列车，我就有一种难以言状的感觉。

早就听说莫斯科火车站的规模是很大的，在方圆一千平方公里的莫斯科城区有九个火车站，基本上是一个目的地一个车站。但进到车站你会发现，那昔日的宏伟与辉煌已经被陈旧的灰暗给遮盖了。引人注目的只是车站里一堆堆硕大的蓝白红相间的彩条编织袋随意堆放在大厅和角落，有的居然堆成了山状，许多编织袋的主人围在旁边，或睡觉或聊天或打扑克，叽叽喳喳吵吵嚷嚷，使人想起数年前在广州看到的景象，而我们这些来自东方的旅客置身其间，真还成了格格不入的异类。偶见平头少年晃过虽无恶意，却也不见善良，促人想起大使馆的电梯间贴的一纸告示，若遇光头平头的青年万万避免纠缠以防不测。这时我们虽然是全团相聚在一起，却人人手拉行李箱非常惹眼，决不敢在此停留，相跟着一大群熙熙攘攘的旅客，

静静的涅瓦河

沿昏暗的站台踽踽地朝既定的车厢走。只是奇怪俄罗斯并不缺电的，可这么长的站台只稀稀疏疏挂了几盏一两百瓦的白炽灯泡，一大群人在夜色中闷闷地向前涌去，只听见行李箱与水泥路面发出的哒哒声和衣袖摆动的嚓嚓声，有人自嘲应该给团里每人发一条羊肚毛巾缠到胳膊上。我不禁想起小时候父亲领我们从乡间火车站出来走夜路回老家的情形：幽幽的星光，惶惶的人影，望不见尽头的土路。终于到我们的车厢了，卧铺分为单人间两人间和四人间，似乎比国内的软卧车厢要小。

然而我们关心的还是包厢里的锁扣是否正常，这可是旅行安全的第一要务。两个人拉开扣上，反复几次还不放心。这时曾在圣彼得堡学习了三年的随队翻译笑着说，别那么神经紧张了，在俄罗斯

圣彼得堡郊外的教堂

离圣彼得堡越近越安全。问其缘由，他卖弄地说这是文化使然。三百年前，彼得大帝挥舞那把金饰长剑征服了芬兰湾那一片沼泽地后，便以高屋建瓴的气势决心在那里给俄罗斯打造一个宏伟的出海口，他邀请了欧洲最优秀的设计师，动用了全国的石头来建造这座城市。当时任何人不管职务多高身份多贵，凡要经过这里都要带几块石头是为买路，所以圣彼得堡的又一个意思是石头城，同时又含彼得大帝的威名。从此不可一世的沙皇便把首都建造在那里了。历代皇帝从此前仆后继，在那里修造了一片又一片豪华辉煌的宫殿，也把一种文化与修养移植到这里无意间培育起来，好像能在那里生活的都是绅士淑女名人骚客呢。从许多去过这座城市的人嘴里和带回的照片录像上都会听到看到对圣彼得堡的吁吁赞叹，那华丽雍容的冬宫夏园，那满街的铜像雕塑，那伟大诗人普希金轰然倒下的决

圣彼得堡的早晨

斗场，那安葬着俄国沙皇的彼得保罗要塞教堂，星星点点，精彩纷呈。当然这座城池之所以闻名天下，还因为在现代史上，这里发生过惨烈异常的故事，我曾在那长达数小时反映卫国战争的影片里目睹了当时的情形，想起来不由得让人仰天长叹肃然起敬。不过，我想这座城市对我诱惑最大的还是紧挨在涅瓦河畔的那条大街，那艘打响了十月革命冲锋炮火的“阿芙乐尔”巡洋舰。是啊，那俄罗斯那圣彼得堡与我们中国的昨天和今天有着太多太多的联系，你不得不去关注，不能不去探询。这种思想也许是我这个年龄的文化人独有的情结，经历岁月的磨砺依然挥之不去啊。

这趟列车是夕发朝至，但抵达圣彼得堡的时候，天还是黑蒙蒙的。我们匆匆地离开了那依然昏暗的圣彼得堡车站，乘小轿车沿着涅瓦河畔疾驶，似乎还没看清这座城市的轮廓就到了下榻的苏维埃

圣彼得堡

饭店。这座饭店坐落在距涅瓦河不远的地方，显然是上世纪七十年代的建筑，与国内那时建的火柴盒式大楼差不多，只是里边大厅挺宽敞，不像西欧的那些宾馆饭店怕影响了住房面积而把前厅搞得紧凑狭隘。但是我扭开房间门锁才发现里边的设施实在不敢恭维，卫生间有两块橡皮般的黑色香皂，卫生纸呈现再生的灰色，裸露的水管不时有滴滴答答的水珠扑落，尤其那台二十英寸的电视，按键已坏了一多半，只有两三个频道可以看到雪花点密集的画面，从此我便再也没有打开过那台彩色电视。而更为恼人的是洗漱完毕，想躺在床上小睡一会儿，却不时有一阵阵火车驶过的咣当声惊得你坐卧不宁，而且还没有一点规律，一会儿静了，静得可以听到鸟儿稀疏的呢喃，一会儿又咣当起来，震得好像整座楼都晃动起来。我躺不住开窗望去，原来是清晨早班的有轨电车在大摇大摆地驶过，由于铁轨下面凹凸不平多已悬空，电车轧过便爆出咣当咣当的金属撞击声。翻译略带尴尬地说这座城市该维修了，明年的六月就是这座城市奠基三百周年纪念日，为迎接庆典城里正在大规模地粉刷维修，据说各大宾馆那时的房间已被订购一空。我怀疑地盯着翻译的眼睛，他居然信誓旦旦地说，这座城池旧是旧了些，但魅力依然、文化依然，你只要在城里待上三天你就会被迷住，你就会相信三百周年的纪念盛典会吸引多少政要和游客。

我无法相信翻译的解释，但城市上空悄然飘浮起一层轻纱般的雾漫，居然就在我们面前缓缓地舒展开来，朦朦胧胧得愈发使人感到神秘，大家已无倦意都挤到窗前。翻译于是开始津津有味地向我们兜售他当年学习时一件件缺少悬念的往事。

这座城市的美丽真是由里而外的，映入眼帘的都是欧味极浓的巴洛克式的精致建筑，只是有的鲜亮有的陈旧，偶有小船驶过与那河畔苏醒的楼宇遥相呼应，构成了一幅异国情调浓郁的风景，笼罩在朝霞里的圣彼得堡显得雍容大度，透出一种古典而又神秘的魅力。

2003 年 10 月 6 日于古城南郊

# 朴素的涅瓦河

Russia diary

只有走进圣彼得堡才会感受到这座城市是一座水上城堡，虽说不似威尼斯那样漂浮在海水里，城中的水网也是密密茬茬纵横交错，宽松地把整座城市网络在一起，所有河道又用石头砌得整整齐齐，清清河水沿着岸堤不紧不慢地向前流去。

是否城里的河水都流到了市中央那条涅瓦河里，我尚不得而知，但那条涅瓦河一定是城里最大的河流了，由于吸纳了众多的支流，河面最宽的地方似有上千米，最窄的地方也有上百米，浩浩荡荡地向波罗的海的芬兰湾涌去，斗转星移日夜不息。这河当算是母亲河了，当年德国军队在二战中围城九百天没能攻进城池，就有涅瓦河作出的不朽贡献。在那硝烟笼罩的岁月，维持人们生计和战斗必需的供给就是通过涅瓦河道断断续续地输进城里的。可以想啊，当年大兵压境黑云压城，把个圣彼得堡围得铁桶一般，如果没有涅瓦河的给养输入，不要说抗击德

城中的涅瓦河

军浩浩荡荡的铁蹄了，就是人们的精神也会被摧毁的，因此战后最应该授勋的是这条奔腾不息的大河了。我们站在河边，时不时有漂亮的游船驶过，据说那只彩船在当地极有名气，涂着红红蓝蓝的颜色，挂着五颜六色的彩旗，一到夜晚整个船上的彩灯就明亮起来，把整个轮廓映进流光溢彩的河里，这其实是河上一家流动的豪华夜总会。时不时还可见一拨拨垂钓的人悠闲地矗立在河边，盯着微微颤动的浮漂，期待着哪一条觅食的鱼儿上当咬钩，也真是一幅田园牧歌似的情景。

当然，任何一个在涅瓦河边徜徉的人最终都会注意到宽阔的河面上不断出现的一座座大桥。这些大桥各不相同，不论其形态还是规模都比不上巴黎塞纳河大桥的豪华，也比不上伦敦泰晤士河大桥的威严，但你细细观察就会发现俄罗斯人超凡的智慧和那一座座桥梁伟大的奥妙。许多圣彼得堡的纪念品都以此为背景。原来涅瓦河上的大桥白天要承载双向行驶的卡车，傍晚桥面会从中间断开向两岸高高竖起，乍一看有些像中国古代护城河上的吊桥，好让那载货的大轮船从河里顺畅通过。我漫步桥上，看见那桥实际上是钢铁的构架，路面铺着厚实的柏油，合缝粗糙可窥河水，毕竟是机械的金属物件，毕竟有上百年的历史，毕竟每天要动作一番，想来也是一件艰险的劳作呢。我孤陋寡闻，似乎这种大桥在全世界也不多见，否则圣彼得堡的明信片里决不会给它留下位置。有人诧异，设计师为何把桥搞得这般复杂，把桥面抬高些不就两全其美了吗？此言似也不假，然而你且站在涅瓦河边看吧，绵绵两岸乃至整个圣彼得堡的建筑都不高的，一般都是三五

涅瓦河上的大桥

层，把桥架高显然会破坏涅瓦河妩媚的风情，智慧的俄罗斯人宁可给自己增加麻烦，也不愿影响圣彼得堡的和谐与流畅。

那河岸更是涅瓦河雍容与娇美的集中体现，沿河排列的建筑犹如一串珍珠，粒粒相连，各具神色，绝少在中国已司空见惯的摩天大厦类的建筑垃圾。那一栋接一栋古典但不算古老的巴洛克式建筑在竭力展现着最动人的风采，粉的黄的白的灰的墙面，有的已焕然一新，显示出历史的优雅；有的正在粉饰，透露着新鲜的妩媚；有的墙面斑驳，传达着坎坷的沧桑，与那永远流淌的涅瓦河合吟着不朽的歌谣。而这种和谐的美丽，在朝霞里在阳光下在风雪中，感觉会是那么差异，印象往往十里百里。抚着桥头的石栏，我想起不知哪位艺术大师的名句，建筑是凝固的音乐，而这支音乐是这般优美这般沁人心脾。

如果你还有兴趣细细观察，会不经意地发现涅瓦河联结了圣彼得堡许多著名的景观，有闻名于世的蓝色冬宫，有透着艺术气息的列宾艺术大楼，有马蹄腾空的铜像雕塑，有上百上千的知名不知名的建筑家留下的作品。而且每栋楼都像是开始规划设计的格调，首尾相连难见败笔，构成了圣彼得堡独特而又迷人的风韵。曾有朋友故意傻傻地说这里的建筑如此风格统一该不是当初统一建成的吧。笑话！这么一大片恢宏壮丽的建筑根本不可能一蹴而就。当初彼得大帝邀请了欧洲最著名的建筑师规划设计了城市蓝图，于是给这座城池只留下了一道风景和一支乐曲，三百年间统治者们前仆后继唱着这一支乐曲把城市蓝图变成了和谐的风景，也才有了圣彼得堡今天的美丽和不朽。想想国内也有不少城市的当权者也都想留点不朽政绩，把一个个好端端的城市搞得杂乱无章，令现任的市长们伤透脑筋。我想中国搞城市规划的专家们真应该在圣彼得堡办一所学校，学学俄罗斯人城市规划的理论和实践。

然而，这涅瓦河的美丽也透露着一点点的霸道和血腥。我注意到那涅瓦河上每座桥头都有两对来自世界各地的狮子，以其独具的风姿展现在世人眼里。在我们宾馆不远的皇家桥头就是遥相呼应的两对绿色狮身人面的石狮在镇守桥头，稍有些阅历的人就会知晓这是来自中东的产物。可以肯定桥头上每一对狮子都有或悲或喜的曲折故事，而且我并没费多少气力就发现涅瓦河中段真

涅瓦河畔的石狮

Russia diary

还有两对来自我们中国吉林的雄狮，它们静静地卧在河边冷冷地注视着匆匆的行人和滚滚的河水，日复一日年复一年，大概离开诞生的故乡至少也有一两百年了，已经习惯了这里的喧闹和水涌。好奇心驱使我问起今日的俄国人，他们含着骄傲的神情告诉游人：这对狮子是中国皇帝送给沙皇的生日礼物。这时恰有几位留学生模样的同胞在嘻嘻嚷嚷地拍照留影，我按下快门后想，怎么在中国的大地上不见西方贵族给中国皇帝送的礼物呢？似乎中国的皇亲国戚只知道收藏来自异域的奇珍碧玉，悄悄藏在深宫里与嫔妃们把玩，而欧洲的帝王则不但喜欢把世界的珍玩收进宫殿，还喜欢用世界文化的宝物来装点他们的家园和城池。你如果细细体会，就会感觉到这种西方文化和东方文化的巨大差异，就会听到巴黎戴高乐广场上的罗马方尖碑在述说着十字军的悲剧，尤其会感受到涅瓦河畔来自东方和西方的狮子相逢的欢叫与思乡的呻吟。

是啊，只有永远的涅瓦河是朴素的！

2003 年 10 月 7 日于古城南郊

# 阅读冬宫

Russia diary

在涅瓦河畔，有一处蓝色的建筑群是任何一位圣彼得堡的访问者都想一睹风采的地方。

那就是由十八世纪欧洲著名的建筑师拉斯特普里设计的沙皇冬宫。始建于十八世纪初叶的环形建筑，呈现着巴洛克式的风格东西南北四栋大楼围成了一个长约两百米的方形院子，似放大了的中国四合院，但建筑风格绝没有华夏的影子，威严庄重，典雅高贵，即使在流行巴洛克风格的欧洲大地也难见这样的规模。如今这里是国家艾尔米塔日博物馆，但是这个名字即使是俄罗斯人也不熟悉，唯有冬宫几乎无人不晓。这个所谓的冬宫实际上就相当于中国的故宫。而我对冬宫的感觉就是上中学的时候看过的那部电影《列宁在十月》，一群起义的工农挥枪冲进冬宫大门，跃上洁白的大理石台阶，庄严宣告苏维埃胜利，映衬在起义者身后的精美雕塑和豪华大厅至今都有印象。

蓝色的冬宫

正是由于这些缘故吧，前来冬宫参观的人很多，大门尚未开启，涅瓦河畔的南门外就拥满了一大片等待的人群，似乎大部分还是欧洲人。里面出来一位穿蓝色保安制服的俄罗斯青年，潇洒地指挥着熙熙攘攘的人群鱼贯而入。终于轮到我们了，天晓得为什么，他突然伸手一拦叫喊后边的人到西侧排队去。可西侧已排有几百人了，过去至少要半个小时才能跨进冬宫门槛。导游翻译火冒三丈轮番上前与之交涉，这位英俊的俄罗斯青年却冰霜满面。情急之下随队翻译将一百卢布塞进了蓝色制服，那人习惯地摸摸衣兜，脸上立刻有了表情，居然扬扬手放我们进去了。这算什么事！光天化日之下毫无理由地索要买路钱，这在哪个旅游胜地都不多见，真可惜了他那圆亮的眼睛白皙的面孔，当然最重要的是给美丽的圣彼得堡抹了一道异样的颜色。

但这种不愉快很快被冬宫里豪华的氛围给驱散了。这所闻名于世的大楼过去是沙皇的宫殿，是那个庞大家族生活的地方，十月革命以后成了博物馆，陈列了许多彼得大帝、叶卡捷琳娜二世等沙皇的遗物。当然，更多的是从世界各地收集来的艺术品，林林总总，据说有两三百万件，极似大英博物馆和卢浮宫的格调，大概也分为原始文化、欧洲文化和东方文化，但藏品似乎比那两个馆的水平要低些。途遇一位中央美院的教授介绍，这里的藏画挺多，但够世界级档次的绘画作品也只有百十来幅。那些汉白玉雕像也都似曾相识，美丽的裸女和健壮的勇士用他们的柔与刚演绎着不见衰竭的宗教故事，显示出俄罗斯人追求欧洲文艺复兴的痕迹。遗憾的是我们对欧洲的历史、俄罗斯的演变和东正教了解得太少，只能走马观花地看个大概，发几声敷衍无味的感慨。

然而令我们奇怪的是，在这个博物馆里几乎所有展厅都可以付费拍照，唯独中国馆是个例外。这反而增加了我们的好奇，也没什么目的就想偷拍几张照片，而那些年迈的服务员极为认真绝不通融。我们问为何如此，他们也是冷若冰霜无可奉告。我猜想里边的陈列有可能许多是八国联军侵华时掠夺来的，他们或许是担心今天的中国人抓住历史执意追索。也可能是这种念头作祟，这里展出的文物按博物馆的标准也算一般了，你看那悬挂在墙上的中国画，只有几张尺幅不大的张大千、徐悲鸿、齐白石的作品。令我震惊的是那几幅圆明园烧毁前富丽堂皇的照片，以及从圆明园搬来的雕花石台石柱，直看得人扼腕而又酸楚。墙上另有几块大幅镂空的木雕，表现的是戏剧片断和赶社火的情形，层层叠叠，密密匝匝，人物夸张幽

冬宫里的雕塑

Russia diary

冬宫长廊

默，似也生动万分。有趣的是还有一尊什么人家供奉的雕花牌位，也端端地摆在那儿，因有一溜题名便显得滑稽有加，如果哪家儿孙有知，祖宗的牌位能放到博物馆里让人参拜，倒也是个轰轰烈烈的荣耀呢。当然这种感觉的后味是苦涩，因为这个牌位决不会堂堂正正地从堂屋祠堂里请出来作为礼物送与他人的。

从堆满了艺术作品的冬宫里出来，旁边那栋帝王时期的陆军司令部拱形大楼，正挂满脚手架在给外墙粉刷，两楼之间就是所谓的“十二月党人”广场了。导游兴冲冲地告诉我们，广场中央是一位著名雕塑家的不朽之作。抬眼正望果然了得，一块硕大的鹅黄巨石上，一匹骏马前腿腾空向天嘶鸣，一身戎装的彼得大帝提缰束马极目前方，威武刚烈欲驰大地。尤其是那骏马的两条后腿和马尾呈三

彼得大帝铜像

*Russia diary*

点稳稳地托住整座雕像，气度自然非凡。这就是永恒的艺术！你无论从哪个角度欣赏，都能强烈地感觉到彼得大帝的伟岸和强悍。诗人普希金曾经称赞这尊雕像是俄罗斯最伟大的“青铜骑士”，每位走到这儿的游人都想靠近那位青铜骑士留张亲近的合影。想来俄国人对艺术确是珍爱异常，此雕像历经两百多年磨难，特别是经过那轰轰烈烈的历史变革，居然没有伤及皮毛，足见俄罗斯人的素养。不过那导游越是滔滔不绝赞叹那“腾空的艺术”，我却越是不以为然。那年在我国甘肃武威发现的那尊马踏飞燕的青铜器是三足腾空一足踏燕，那可是一千多年前的器物，其艺术想象力更是前无古人的，似与这尊铜塑有异曲同工之妙。遗憾的是我无法考证眼前这尊青铜大器是否受到了东方艺术的影响。

当然，这也许牵强，但那位马上巡游的彼得大帝作为冬宫的守护神，一定为蓝色宫殿里积存了那么多的艺术珍品自傲无比，也一定会因他们的后代为那区区一百卢布做出的举动羞愧难当……

2003 年 1 月 10 日于翠华小屋

# 壮烈的“阿芙乐尔”

Russia diary

在我们这辈人的眼里，阿芙乐尔号巡洋舰是与冬宫一样神圣的历史遗物。

想不到这艘在我们共和国的诗歌里不知被渲染了多少遍的巡洋舰，依然银装素裹雄姿勃勃，犹如一艘刚下船坞的新舰，静静地停泊在飘雪的涅瓦河上，期待着欣赏的目光。像我这般年龄的人都熟悉那句诗一样的语言：“十月革命一声炮响，给我们送来了马克思列宁主义”，而那炮声就是从眼前这艘钢铁身躯里爆发的，这多少让我们感到些壮烈和神圣。沿舷梯登上军舰甲板，几门大口径加农炮昂首挺立，似乎在向人们讲述着一个你必须用心去倾听的故事。那是在1917年，一艘停靠在涅瓦河上的战舰宣告起义，所有的炮口瞄准了冬宫的窗棂，指引起义工农冲向被资产阶级占据的沙皇堡垒。一场混战之后，列宁最终抓住了胜利的果核，一切权力归苏维埃。尽管那位导游说，他们的俄文老师认为当时的俄罗斯正处于无政府状态，权力的魔杖就丢弃在大街上，恰好被善于演说鼓动的列宁捡到了。这种评价显然太过幼稚，综观一切历史变革，没有千千万万老百姓的真心支持哪个能够成功！

不过站在雪花飘零的军舰甲板上，你会发现俄罗斯民族对自己历史的欣赏和钟爱，船舱已经改造成了俄国海军的历史陈列馆，最显赫的位置当然给了创立了国家海军的彼得大帝。在许多画面的冲击下才知晓这艘巡洋舰真有着沧桑的经历，好像是上世纪第一次春风拂过，圣彼得堡造船厂打造的这艘巡洋舰昂首下水编入波罗的海舰队，在 1905 年的日俄战争中威风八面成就英名，但它最骄傲的历史还是在十月革命中的卓越表现，它经历的最为惨烈的战斗是抗击德国法西斯的列宁格勒保卫战，全舰官兵以自己的方式捍卫了列宁格勒的尊严。水兵们一定是含着热泪把舰上的主炮拆下安装到城郊阵地，把军舰沉入河底堵住了滔滔河道，最后全部官兵把鲜活的生命演化成烈士碑上一行行不朽的姓名。直到胜利后的 1948 年，崇敬英雄的俄罗斯人才将弹痕累累的军舰捞起修复，固定在纳西莫夫海军学院大楼外的涅瓦河上，如今既可作为学院的教具，又是进行传统教育的博物馆，舰上每一寸甲板每一座炮塔都仿佛在向游人细细讲述着夺取政权和巩固政权的艰难历程。

整个展览使人强烈地感觉彼得大帝创立俄国海军所经历的壮烈的发展历程。然而在舰上服务的那些值日水兵甚是活泼，我们一进舰舱就有人伸手索要香烟，团长大概感觉到了英特纳雄耐尔的亲切，索性把随身一包好猫香烟散给他们，引来年轻水兵一阵稀疏的掌声。因是水兵们身着俄海军服颇为挺拔潇洒，也算是一种异国情调吧，

阿芙乐尔巡洋舰

团里有人邀一位魁梧的水兵合影是为纪念，人家慨然应允一脸灿烂，但当闪光灯刚把美丽摄进胶片，那水兵居然伸手向我们示意一张两美元，好像这还是今日“阿芙乐尔”上约定俗成的规矩。我们大吃一惊，就是这位水兵手上还捏着我们送给的好猫香烟，转眼就变成了这般猥琐模样。市场经济的腐味在“阿芙乐尔”上已经放肆地弥漫开来，几经交涉又给了彼得后代一包香烟才算了结。

不过这种尴尬事发生在哪里似乎都可以理解，而发生在有着光荣传统的水兵身上，发生在依然展示着红旗的阿芙乐尔巡洋舰上实在是不可理喻。我们悻悻地从甲板上下来，居然在舷梯下巧遇了一对我们熟悉而又陌生的俄罗斯老年夫妇。他们被厚厚的深蓝鸭绒服包裹着，在飘零的雪花中默默地凝望着舰上昂扬的炮身。那位在当地念书的导游热情地跑上前握住老人双手，并介绍说他们就是向我们介绍过多次的房东，一位参与修复阿芙乐尔舰炮台的造船厂退休

英雄雕像

工程师。这一对过了耳顺之年活化石般的老人，由于导游几天来断断续续的介绍引起了我们一行极大的兴趣，曾经想邀老人饭馆一叙的，但怕引起东道主的误会已断了念头，却不想在这个具有特殊意义的舷梯旁巧遇了，这岂不是上天的旨意？于是我们像老熟人一样躬身上前握住了两双苍老的手，老人的眼睑已经松弛，褐色年斑已爬满额头，那写满沧桑的脸上几乎找不到悠闲的例外。

我们已经知道，这对生活在昔日梦境中的俄罗斯老人，每月都要到阿芙乐尔巡洋舰来凭吊，他们不但怀念阿芙乐尔号隆隆的炮声，而且与今日俄罗斯已经渗透了所有角落的市场经济格格不入。他们是前苏联时期的高级技术人员，曾经享受过特别的待遇，城里分有一套五六十平方米的二居室，城郊还有一栋用木头搭建的小别墅。然而如今一月退休金只有两三千卢布，迫于生活便将城里的住宅租给了中国学生，自己住到郊外与森林为伴的小别墅去了，而那个号

涅瓦河畔的滴血教堂

称的别墅就连曾去过的中国学生也感惊讶，两层木屋乱糟糟地拥着锅碗瓢盆，堆着萎蔫的水果蔬菜，一台单门冰箱在不停顿地演奏着背景音乐，电视机已成了没有图像的概念，何言别墅啊，整个一栋简陋的乡间木屋。最最耐人寻味的是，这对老人不但怀念镰刀斧头，而且对市场经济也心存抵触，他每次向中国学生收房租都仿佛在从事着一项不可告人的秘密，特别羞于与房客对面交易，总是在电话里示意学生把租费放在餐桌上，当家里没有人时才匆匆赶来取走，真像是白色恐怖下从事地下工作呢，如此这般已经过去了三四个春夏秋冬，中国学生居然没能在家里见过老人难堪的表情。而且令人心灵震憾的是，这种住宅的租价当地已经从八十美元升至一百五十美元了，老人也不知是不知道还是羞于启齿，从不提租费涨价的事，终使得中国学生过意不去了，主动把餐桌上的房租加到市场水平，这与当日值守阿芙乐尔巡洋舰的水兵们真正是天壤之别啊！

尽管导游多次讲过老人的轶闻，我们都以为那是一个遥远的故事，今日在这奏响了共产主义号角的巡洋舰身边巧遇，顿觉历史的沧桑和曲折。而这时老人却以主人的姿态说，真诚欢迎中国朋友来阿芙乐尔号参观，这艘军舰当年可是损毁得严重呢，用了很大功夫才恢复到如今的模样。然而当我们小心地问及他们今日之状况，老人却回敬我们以俄罗斯式的幽默：我们现在的状况，最突出的特点是没有出生地也没有国籍。众人不解眼眸游离，导游半是怜悯半是无奈地告诉我们，老人的出生地是列宁格勒，现在变成了圣彼得堡，原来的国籍是苏联，现在已经四分五裂了。而且最让我们瞠目的是时至今日他们仍然执拗地拒绝这些眼花缭乱的变化，甚至拒绝更换俄罗斯联邦的护照，那天他们的鸭绒服里揣着的还是过去那印有五角星的前苏联的身份证。

这是一位忠诚阿芙乐尔巡洋舰的俄罗斯老人。

2003 年 3 月 16 日于翠华小屋

# 城郊之秋

Russia diary

你见过圣彼得堡的秋色吗？你见过城市郊外迷人的黄叶吗？引领我们扑进秋色的是一条并不宽敞也不平坦的小道，但那路就像是穿行在茂密的森林里，远远近近都是缀着黄叶的大树小树，似乎不管是乔木灌木都变成了嫩嫩的橙黄，但有阳光洒下叶儿就微微抖动起来，犹如一群群幸福的黄蝴蝶簇拥着欢跳着向你扑来，若远远望去极像天上飘下的一朵朵装扮大地的花蕊，但等有风拂来，那无数的叶儿又摇摇晃晃地飘落下来，犹如给大地铺了一层橙色的地毯，黄绒绒的，极是新鲜，真想悠然地躺上去睡个时辰，用身心体会一下俄罗斯美丽的秋天，但是我们心中牵挂着工作而不能陶醉。好像就在这条路的尽头，橙黄愈发地浓郁了，一座灰色的小楼忽然从密林中冒了出来，谁也没想到在这片被密密黄叶笼罩着的树林深处居然隐藏着一个国家级的研究所。原以为是国家级的一定会很气派，可是那陈旧的灰墙与铁门传递着苍老和萧条的信息，连看护院门的

圣彼得堡秋色

“警卫”也是位穿着迷彩服的白发妇人，唯有大门内那个怪异的安全门让人感觉与其他地方的不同。步入这座神秘的研究所，扑进眼帘的是黑笨的通风管道和涂着银粉的铸铁暖包，以及密密丛丛又杂乱无章的设备，卸下的机械部件与地上的油污混在一起。这情形让我好像忽然回到上世纪七八十年代国内的哪个机械厂，唯一触动情绪的是实验工房的窗台大都用啤酒瓶插着一大束嫩黄如火的桦树叶，使得没有季节的工房平添了妩媚的秋意，也衬映出这儿的主人心底的浪漫与诗意。

当然，让我们感到吃惊的是，在这样朴素的环境和条件下，这里的智慧者在实践着世界上最先进的电热炮研究。听了一位土生土长的老所长介绍才明白，厂房里有三门用于验证新概念的原理样炮，当然与今天的火炮相比只有外形上的影子，其工作原理已放弃了我们使用了上千年的火药，其工作状态是将某种气体注入弹仓，再导入强大的电流使气体骤然膨胀而推出弹头。这种方式说来轻巧短暂，却是火炮发展史上的一场革命呢，不但可以使弹头的发射速度提高几倍十几倍，从而使提高射程变得轻而易举，而且可使己方阵地免受发射药呛人的污染。当然，我注意到这种激动人心的大炮离实战还有漫长的距离，尤其是那电源部分太庞大了，几乎无法搬出实验室。但是老所长信心百倍地说，用不了几年世界上就会出现第一门电热炮。然而我感觉世界上的第一门电热炮不会出自这个实验室，因为他们沮丧地说从苏联解体以来，国家就再没有给这个项目投过钱。但是浓烈的黄叶煽情地摆动着，似乎在告诉来自东方的访问者，俄罗斯人会在一个黄叶弥漫的时刻创造出奇迹。

回城的路上，大家很快从那疑窦丛生的概念里解脱出来，又陶醉在圣彼得堡郊外浓浓的秋色里。许是接近傍晚的缘故，阳光慷慨地倾洒下来，在斜疏的树影间留下星星点点的光斑，与那地上黄绒绒的树叶搅在一起，于是那树上树下的叶儿便有了生命的灵性，真似翩翩的黄蝴蝶扑动起翅膀，使得你的头上头下落英缤纷似有灵性地舞动起来，做着秋的礼赞。于是有人陶醉了叫车停下，兴冲冲地端着摄影机照相机胡乱地拍一气。但是几乎所有人都注意到那栋灰色小楼在桦树林里不清楚了，隐约可见的灰墙会使人误以为是什么人早年的别墅，而这样的“别墅”周围似乎很多。我们由衷地感叹俄罗斯军工的实力，尽管他们现在存在这样或那样的问题，但不管哪个门类的武器在世界上都独树一帜，为此已

郊外的小河

Russia diary

经成为历史的苏维埃政权付出了惨痛的代价。然而，如此玩命地与超级大国竞赛，难道仅仅是为了赢得世界的尊重吗？陪同我们的老所长大概看出了我们的疑问，当那片黄橙橙的桦树林演化成了一道亮丽的背景，我们的车驶离预定的路线，忽然在一尊高耸入云的纪念碑下停住了。我们都明白这是一处革命遗址，那纪念碑是用红色大理石砌成的，足有六七十米高，仰看像一把战刀直刺蓝天，上面雕刻着“1941 — 1945”，碑下两位挺拔威武的战士铜像手执钢枪警惕地注视着前方。原来这里就是当年抵抗德国法西斯进攻的入城口，苏联红军就是在这里堵住了几十万德军长达九百天的围攻，使这场震惊世界的列宁格勒保卫战演变成了二战的转折点。广场两侧是两组撼人心魄的黑色铜像，有战士有工人

胜利纪念坛雕像

有农民有学生，前仆后继大义凛然，在用全部生命呼唤着胜利的曙光。没有人在这样的雕像前会无动于衷，我们端着相机选择各种角度想抓住这胜利广场的神韵，谁知回到国内洗出来没有一张能达到当时的感觉。不过，更令人震撼的是纪念碑后边的纪念坛，整个地陷在地下，四周是一圈红铜浮雕头像，以纪念那些名垂千古的英雄和领袖，上边还有几十束燃烧的火焰，一年四季日日不熄，象征着胜利的精神永远不灭。坛的中央则是一组令人揪心的铜像，一位母亲抱着死去的孩子欲哭无泪，一位青年托着已经倒下的情人悲愤填膺。这种设计显然是在诉说，列宁格勒所以能保卫成功，是因为有几百万人民的不懈支撑。要知道在那惊心动魄的九百天里仅饿死的人就是三十万。

走出那纪念坛，没想到旁边还有一个深入地下的胜利纪念馆，布置得简单却不失肃穆，里边灯光幽暗而又深沉考究。正墙是几面守城部队的军旗，有几束射灯打在上面格外鲜艳夺目，其对面是一幅巨大的汉白玉墙壁，上面用金色镌刻着牺牲的军官们的姓名，两边各有一本厚厚的可翻动的铁页，记载着牺牲的士兵的姓名。大厅两侧是反映守城情形的抽象主义壁画，似乎与这里的氛围不很协调。而那不多的几只展柜最令人心碎，犹如特写镜头展示了那场战争的残酷，布满弹孔的军旗，血迹斑斑的探雷器，刻有战士姓名的半截枪支，特别是那几张发黄的通行证和一个望远镜，上面还有主人用钢笔写给亲人的遗言，想来那位战士一定用这个望远镜发现过偷袭的敌人，也一定用望远镜回望过城中不可能见到的亲人。战争是人类感情的摧残者也是创造者，生生死死，缠缠绵绵，让活着的人感叹永远。

我们在这里被震撼了，出来的时候蓦然发现纪念坛中央的铜像下刚刚有人献了花，一束是黄黄的桦树叶，另一束还是黄黄的桦树叶，浓浓的，鲜鲜的，给偌大的胜利广场平添了许多的遐想和生气。这时那位并不会幽默的老所长过来说，你们现在应该理解为什么俄罗斯民族喜欢面包喜欢黄叶还喜欢发展武器了吧？我们望着纪念碑后边那片已经被晚霞映红的桦树林似乎明白了，浓浓的叶儿所以鲜艳如血是不朽的生命在燃烧，鲜鲜的叶儿所以蝴蝶般飞舞是寄托着逝者的深情祝福……

2003 年 3 月 18 日于翠华小屋

# 洁白的要塞

Russia diary

那天夜里一场大雪，整个圣彼得堡都罩在清亮的洁白里了，就连彼得保罗要塞的城墙和教堂的尖顶也披挂了厚厚的雪，映衬着灰暗的天际更显得肃穆和威风。这个要塞是当年彼得大帝征服了海上强国瑞典之后建立的一个驻军营地，实际上是个不足半平方公里的小岛。从当时的一幅素描画上可以看出，当年的要塞是用木板围起来的简陋水寨，周围是渺无人烟的沼泽地。三百多年过去了，而今这个要塞已经成了沙皇追随者的“圣地”，里边还修建了举世闻名的彼得保罗教堂。只是我们去的那天教堂还在整修，脚手架刚刚退到腰部，露出了一百二十二米高的金色尖顶，一个天使造型的风向标竖在上边不知有什么寓意，随问几人答案不一。

从那窄窄的大门进入教堂我才知道，从城市的奠基者彼得大帝到末代沙皇竟有十一个沙皇安葬在教堂的大厅里。以前在欧洲参观过许多著名不著名的教堂，好像里边大多安葬着宗教领袖，而在这里却安息着沙俄历代的统治者，看着那排列得整整齐齐的石棺，尽管四周雕饰满墙金碧辉煌，仍不免感觉森森然。我注意到有许多俄罗斯人喜欢在门口的一个石棺前拍照，而且只有这只石棺的侧墙挂有一些照片。问过翻译才知道，那是1998年时任总统叶利钦主持仪式，将被苏维埃处死的末代沙皇尼古拉二世一家的遗骨从一座山里挖出来安葬到此的摄影记录，旁边那只石棺就是尼古拉二世的灵柩。从那些照片上可以看出当时那场面是很隆重的，当是东正教的经典仪式，有主教们齐唱安魂曲的宏大场面，也有政府要员和群众肃立的表现。我注意到在那当年的死者当中，竟有几张青春稚嫩的面容，分明还是些正啃书本的孩子，已将身影永远定格在照片上了，这其中的故事显然已成了千古谜案。其实历史上任何一次翻天覆地的革命都会有一些遗憾的。当然我们关注最多的还是在显赫位置停放的彼得一世的安息处，那也是一具白色大理石的石棺，与所有的石棺不同的是旁边挂着一面海军军旗，据说是为纪念这位伟人开辟了出海口，创建了俄罗斯第一支海军。当初由几艘帆船组成的小小海上武装，已发展成为今天世界上最大的海军舰队。尽管去年发生了库尔斯克号潜艇事故，但彼得大帝的梦想还是在俄国海军中延续下来。是啊，当年这里一定很艰难很困苦的，缺少粮草，四周是没有人烟的沼泽；外敌侵袭，海盗和列强的舰船就在不远处的海面上游荡。在石棺旁的墙上还挂着当年北方战争中缴获的几面瑞典军旗，也许是为炫耀曾经发生在这个要塞和外海的激战，最终彼得胜利了，他不但把自己的安息地选择在这里，还为了俄罗斯的繁衍建起了一座灿烂而又典雅的城市。

围绕要塞的灰墙里还有一栋呈环状灰砖灰瓦的小楼，这就是当

彼得保罗大帝铜像

Russia diary

彼得保罗大帝灵柩

年沙皇囚禁革命者的彼得监狱。我们匆匆掠过那一间间阴暗的囚室，直让人想起中国少川北的白公馆。这栋小楼有两层，一间一间单人囚室铁门铁窗，当时连看守都来自几个部门，统治者想用孤独和寂寞来摧残政治犯的意志。里边几处泥塑逼真地反映了当时狱卒们提审革命者的情形，还展出了许多仁人志士入狱时穿的衣物。我听说这个监狱在俄罗斯可是臭名昭著，一般人关进来必死无疑，列宁的哥哥就是因刺杀亚历山大三世被捕后在这里被害的，时年刚过二十一岁的生日。尤其引起我注意的是那位无产阶级的文学领袖高尔基也曾被关进二层的一间囚室，旁边还关押过伟大的文学评论家车尔尼雪夫斯基和大作家陀斯妥耶夫斯基，他们居然能够活下来，这真是民族的幸运！若是这些艺术巨匠们在这里被悄悄夺去生命，俄罗斯文学还能像现在这样灿烂吗？这里面肯定有着一个个曲

囚禁高尔基的小屋

折动人的传奇，只是我们的行程不允许我去费力解开这些疑窦重重的悬念。我忽然发现，这也挺有意思的，在这个小小的仅仅一平方公里的孤岛上，一边是沙皇们安息的圣地，一边又是沙皇们维持统治的劣迹。我想这帮统治者们也真有趣，他们活着的时候生活在要塞对面那栋蓝色的豪华宫殿里，一定很少能听到这里悠悠的钟声，然而在死后却要安息在这片游荡着许多仇敌冤魂的兔儿岛上，也许是想在另一个世界里双方平等地对话求得和睦，也许在冥界中仍要剑拔弩张组织尚未胜负的决斗。大概只有那些摇摇曳曳的雪花竭力想掩盖住他们的分歧，轻轻地落在教堂上，落在囚室外，那么执著，那么努力，远远近近便愈发的白了。

2003 年 12 月 3 日于古城南郊

# 浪漫铜像

Russia diary

曾经有哲人说过，最能传达城市精神的是城中的雕塑。在圣彼得堡的大街小巷有许许多多的铜像雕塑，有的竖立在街头小巧的花园里成了园中一景，有的就立在熙熙攘攘的小巷口与路人和睦相处。有的我们还特别熟悉，凡是知名的俄罗斯巨匠都能在圣彼得堡找到归宿，比如托尔斯泰、契诃夫、果戈里、高尔基。有的我们不熟悉，或是功勋演员或是飞船设计者，但等我们提问，便会有一堆堆典故被热情的人翻腾出来讲与你听。林林总总的这些铜像点缀了城市，更营造了一个群星璀璨的都市氛围，也在不经意间把人们带入了一种近乎神圣的境地，你必然会走过去细细阅读那些造型各异的铜像，激发你的感情款款升华，也必然会使你慢慢认识造就了一大批世界级艺术家和科学家的俄罗斯民族。我注意到，那一尊尊别致的铜像已经成了当地百姓生活的一部分，已经亲融到忽略它存在的程度。好像那南来北往的熙熙人群在哪

花园里的普希金铜像

一尊铜像前也没有流露过额外的情绪，好像只有我们这几位来自中国的访问者发现普希金的铜像安放在一处小花园里，便立刻仰慕地围上去，对这位已经在决斗中倒下一百七十多年的伟大诗人表现出了莫大的兴趣。

这尊铜像在众多的雕塑中是一个例外。诗人没有高昂头颅眼望前方，也没有手握鸡毛管托腮冥想，而是设计了一把长条椅，诗人斜靠着椅背，一手托住头颅，一手搭着椅背，眼睛炯炯有神地注视着前来拜见的每一位热爱他的人。那神情倒像是一位将军在运筹帷幢决胜千里，只可惜诗人当年的豪气没能挡住决斗场上的子弹，早早停止了他那充满激情的朗诵。凡是走进圣彼得堡的游人都会深切地感受到普希金已经成了这座城市的标志，在叶卡捷琳娜宫外边的那所贵族中学，普希金曾经住过的那间小小的宿舍已经被显著地标示出来供人参观，他写过的作业读过的书本弹过的钢琴都被精心地摆设起来尊为圣物。我以为最有趣的是一张学习成绩表了，翻译惊奇地发现，普希金当年上中学时的成绩按时下的说法是大大的偏科了，大概有十六门课，好像数理化等许多主课考试不及格，甚至有几个顽皮的“鸭蛋”张着俏皮的笑脸，但“俄罗斯诗歌”却是满分。传说他很小的时候就显露出了诗歌天才，被老师和社会所称颂，并且给予了他宽松的生长环境，后来果然开一代诗风，成就为俄罗斯历史上最伟大的诗人。由此看来一个孩子学习成绩的好或不好，都不能说明他将来的作为和价值。我必须惭愧地告诉读者，那天我禁不住对普希金用过的那张课桌发生了兴趣。大概是想沾一点诗人的灵气，可屁股刚刚挨上就听到一声震天炸喊，一位年迈的服务员像抓到了小偷，气汹汹地跑过来。我急忙站起来，却怎么表示歉意也难以平息老人家的愤怒，甚至楼梯上又遇那老者再打招呼人家也没给面子。的确，普希金已经深深地活在俄罗斯人的心中了，容不得半点的亵渎和怠慢。那天我们还曾想去看看诗人与那位上尉决斗的地方，据说就在郊外的一片桦树林里，但是导游奉劝我们放弃了，那个决斗场没有遗物也没有铜像只孤单单竖了一块小碑，根本寻不到游人期盼的感觉，其实那空旷那冷寂就是诗人无奈的感觉。于是导游把我们这些中国游客领到了列宁的铜像面前。按说苏联七十多年的统治刚刚过去，有关的文物应该数不胜数，然而我们在圣彼得堡的日子里却少见前苏联的遗迹，唯有这尊铜像能让我们把两段历史连接起来。高高的褐色花岗岩基座上，列宁意气风发头颅后

街上的列宁铜像

倾，左手拿着帽子，右手伸向前方，以那特有的姿式向人们演说着共产主义的理想，可惜他的子孙后代并没有按照他的思路去实践，最终导致了社会主义事业的夭折。且不知是中国人的创造还是俄国人的想象，大家都把这尊铜像称为“列宁‘打的’”，意寓列宁伸手在招唤面前川流不息的出租车，略略想想似也形象。不过我相信列宁在这个国家的影响还是根深蒂固的，那天就看到有人给铜像敬献鲜花，而且至今没有人敢动手拆毁这尊标志性的铜像。于是，不知疲倦的列宁先生不管大街上滔滔不绝的人流车流如何忙碌，不管身后苏维埃大厦卖给了哪位企业家做了公司总部，依旧在那里执著地渲染着他那已经被今天的俄罗斯人淡忘的演讲。谁也不能否认这位伟人为了俄罗斯人民的幸福所付出的热情和精力。

大街上有那么多那么多的铜像，真希望能一尊一尊地阅读……

2003 年 12 月 21 日于古城南郊

# 优越的情结

Russia diary

在踏上俄罗斯的土地之前，常常会听到有关俄罗斯人的种种传说，但只有站到涅瓦河边才会真正感受到那俄罗斯人极为执着的性格。

记得曾经在国内见过所谓“俄罗斯十大怪”的报道，其中有一条就是“服务员都是老太太”。当初对这句话并没有多少印象，到了俄罗斯才体会到的的确确几乎所有的博物馆纪念馆，看护展厅的服务人员都是年迈的老妇人。在那曾被二战炮火烧毁后恢复的巴韦尔宫里，我曾想给几位慈祥的老妇人拍张照片寻找题材，可那些老妇人但见有镜头瞄准就会背过身去，绝无商量的余地。后来走进叶卡捷琳娜宫，一位老妇人的微笑使我格外激动不能自禁，她默默地站在那里守望着一间凝结着沉重记忆的豪华餐厅，但见有人注视，老人的眼睛和嘴角会微微地翘起，露出些我在什么地方见过的魅力来，虽说比不上蒙娜丽莎的神秘，却也是那样友善与真诚。我上前

快乐的俄罗斯人

献媚地夸她光彩照人，老人爽朗地笑起来，我毫不犹豫抓住机会一连拍过几张才松过一口气。继而问及她的生活却让我大为感慨，老人原来是圣彼得堡食品厂的工人，已退休在家多年了，可每月的退休金仅仅一千多卢布，丈夫又卧病在床没有收入，而且每月的水费电费房租就要耗去四百多卢布，剩下的那点卢布光买蔬菜也紧张了，只好出来找点力所能及的差事。惊叹之余再问及老人年龄，居然已经七十七岁了。我想起刚刚在旁边的小餐馆里吃了一顿午餐，六个人各一杯可乐一块比萨饼一碗沙拉一罐红菜汤，居然就花去了三千多卢布，想想那就是这些老人两个月的退休金，心里着实有些说不出的异样。不全是因为同情，我于是拿出二百卢布想送她以示谢意，但是当导游把意思讲出来，老人脸色一沉扭身就走了，默默地站到大厅后边一脸的不屑和傲然。

这让我们感到困惑。

我还必须把一位老人介绍给读者：在我们下榻的苏维埃宾馆，

涅瓦街上的俄罗斯人

虽然简陋但卫生还算可以。且不管我们弄得多乱，每天回到房间都会感受到洁净的惬意，直到有一天中午我们等待乌季诺夫波罗的海大学的留学生来宾馆叙旧，发现搞清洁卫生的居然是一位五六十岁的俄罗斯妇人。我猛然想起欧洲的惯例，忘记每天在房间里放些小费了，于是当天就在茶几上放了五十卢布硬币，可是晚上回来居然还在那里“岿然不动”。我想想以为太过吝啬了，第二天就在桌上放了一百卢布纸币，没想到晚上回来还是没动，第三天我把小费放在房间最显眼处，还特别用杯子压住一角示意这是支付的小费。然而一连几天房间照样打扫，照样干净得惬意，小费却照样没人理睬，依然平展展地压在那里，似乎还泛出些顽皮的嘲意。

这，你能读懂吗？

她们不是为了生计而拖着年迈的身躯出来做事的吗？何以遇到金钱又无动于衷呢？而最让我感到迷惑感到震撼的还是俄罗斯人骨子里那股大俄罗斯民族的气质。我们聘请的那位周姓导游是晋中太

俄罗斯姑娘

原人，大眼睛高鼻子，方脸庞细皮肤，浑身透着东方民族的英俊帅气。这样的小伙子在俄罗斯当然不难找到爱情，只是他们的爱情之舟行驶得有些坎坷，首先是那位俄罗斯姑娘的父亲坚决反对女儿的跨国情恋，因为老人作为记者去过一次中国，是陪戈尔巴乔夫到中国做“破冰之旅”的，却正赶上哄哄闹闹的学潮运动，因而对中国人的随意和混乱留下了难忘的印象。为了改变岳丈大人的偏见，一天他与姑娘在涅瓦大街上想搜寻几瓶中国的白酒去孝敬老人，却遭遇了一件令人难以置信的事情。

大概是姑娘的美丽和他们的亲昵引来了路人妒忌，居然还引得一位现代“绅士”肝火四溢。那人仪表堂堂西装革履迎面而来，突然大踏步横到俩人面前质问小周：“你是哪里人？”“绅士”语气逼人。小周以为遇上了克格勃，不知如何回答，但豪爽的姑娘揽过小周厉声反问：“你是干什么的？”“绅士”不理姑娘又面冲小周压低声音逼问：“你究竟是哪里人？”姑娘挡到小周面前高声怒喊“他是哪里人跟你没关系！你给我让开，我叫警察了！”谁想那“绅士”猛然一愣，转向姑娘咆哮起来“俄罗斯民族都叫你们这些俄罗斯女人给搞垮了！”姑娘毫不示弱反唇相讥“俄罗斯民族都叫你们这些俄罗斯男人给喝垮了！”

他们的放肆吸引街上许多行人侧目相望，那“绅士”只好咬咬牙悻悻地走了。勇敢的姑娘若无其事地挽起小周的胳膊，继续在喧闹的涅瓦大街上搜寻中国的汾酒和竹叶青。

我听了小周的故事，想起一位英国作家曾经说过的一句话：俄罗斯民族是一部怎么也读不懂的书。的确难以思议，“绅士”们路遇俄罗斯姑娘恋上异国男人，竟然会为民族的纯洁感到义愤要挺身而出，而且这个故事还是发生在二十一世纪的第二个春季，发生在以文明著称的涅瓦大街上，你说这该是一种怎样“优越”的民族情结啊！

2003 年 4 月 5 日于翠华小屋

# 美丽的夏园

Russia diary

夏园的美丽不仅仅会让人感动。

在距圣彼得堡二十多公里的芬兰湾，有一处美妙秀丽的大花园，一年四季游客应接不暇，而且不管你在什么季节去欣赏，都会有别样的感觉和发现，这就是彼得大帝那年从法国回来后，按巴黎凡尔赛宫的模式建造的皇族们休闲游玩的夏园。其实，不管是东方的还是西方的皇帝都喜欢为自己的享乐修造休闲场所，中国的颐和园不也就是这个性质吗？但遗憾的是中国人没有谁记得颐和园的设计者了，而夏园的设计师明明白白地标注在所有的纪念册和标牌上，上面清楚地记载着这片休闲胜地，是由设计冬宫的著名建筑师拉斯特雷里绘制的蓝图，在 1710 年的夏天埋下的第一块基石。整座园子占地一千多公顷，集中了当时最优秀的建筑智慧，当年一拉开遮挡的帷幕就引来满世界的赞誉，也使欧洲板块上的老牌皇族们平添了些许忧虑，他们由此看出彼得大帝超人的气魄与能力，不能不对身

夏园一角

Russia diary

夏园里的海神

边悄然崛起的俄罗斯骑士提高警惕。

那整座花园被修剪得极为规矩的绿色植物覆盖着，穿过一条绿藤缠绕的长廊，就是冠以彼得大帝名字的行宫了。这是两层的米黄色建筑，两翼翘起的镀金穹顶映衬在晶莹的蓝天里冷暖分明，极富天堂般的纯净幻想。似乎我们参观过的巴韦儿宫、叶卡捷琳娜宫都比不上这里辉煌。一间间大厅均饰以灿灿金粉，置身其间真以为到了哪个公主和王子演绎爱情的童话世界，就连那餐厅餐具都让今天的人们感到惊讶。长长的可以围坐几十人的餐桌上，摆着金饰的大小刀叉碗碟，吉祥的花团锦簇贴附在人们可以看到的每个角落，试想当年彼得在这里大宴群臣或是家人团聚是何等的气势和风光。

然而夏园最吸引人的还是彼得宫外的喷泉雕像。美丽的雕塑与数以百计的喷泉坐落在一片扇形的斜坡上，一层一层，规规矩矩。那些永远在幻想的汉白玉雕像，有的似天使，有的似神童，有的似王子，有的似公主，以极富魅力的眼睛望着来自五洲的游人，与几十个喷泉和两扇梯形瀑布组成了一幅生动神奇的画面。特别是当人们拾级而下，那一大片掩映在喷泉丛中的雕像就自然地与游客们亲近起来，人与雕塑极为和谐生动。最下面是极为壮观的海神雕塑，一位健壮威武的猛士以力拔千钧的力量双手挣开鳄鱼般的海兽大嘴，那海兽喉咙顿时射出一股直冲云霄达二十多米的水柱，凸显出猛士的勇敢和不屈，那大气磅礴的气势任何人注视一会儿都会震惊都会受到感染。也有好事的男女争与那些俊美的裸体雕像做亲昵状，随着照相镜头的扑闪而成了永久的纪念。且让我们惊讶的是，夏园的这一套供水系统也是举世无双的，那是十八世纪一位水利专家的灵感创造，是将距夏园二十公里外的山泉曲折地引到这里，加装了性能优良的泥沙过滤系统，使得在无任何动力装置的情况下，仅靠地位压差便逐级将泉水引到了皇宫园内，生生造就了一个巨大的高低错落的喷泉群，其设计之奇巧令人佩服得五体投地。当然还让我感慨不已的是，这个大瀑布的构图是为纪念俄国当年战胜北欧强国瑞典的丰功伟绩。想想在俄罗斯的许多地方都有纪念那场战争的遗址圣地，显然那场战争的胜利对俄罗斯而言太重要了，如果没有那场胜利俄罗斯就没有出海口，没有今天的圣彼得堡，也就不会诞生强大的海军，俄罗斯乃至世界的历史就会是另一种记录。我想可能也就是基于此，在俄罗斯的很多地方，对彼得大帝的尊崇似乎任何

夏园里的雕像与喷泉

Russia diary

一个历史人物都难望其项背，在圣彼得堡当然就更是如此了。

也可能就是这个原因，二战期间盛满珍宝和人类智慧的夏园被德军占领后，并没有造成毁灭性的破坏，而且那位不可一世的德军司令在进驻的时候还下令小心保护，所以当遭受战争蹂躏的夏园回到俄罗斯人民手中，夏园依然，海神依然，雕塑依然，喷泉也依然。而我闻此却不由得愤愤然了，我们北京的皇家夏宫圆明园怎么就没有那样幸运呢？所谓的八国联军一进去就野蛮地烧掠抢夺，一座比夏园毫不逊色的“万园之园”就此化成灰烬，难道那里没有绝美的艺术？没有厚重的历史？没有辉煌的建筑？进驻圆明园的联军们不是来自对艺术最为崇尚的“文明”帝国吗？为什么要残忍地把艺术把文明烧掉呢？那是哪位哲人说的，毁掉的才是最美的，果真如此啊！我在俄罗斯看到一则关于伊万大帝为避免世界上出现更美丽的教堂而挖掉建筑师眼睛的故事，圆明园也许就是这种伊万逻辑的牺牲品。

是啊，世界本来应该有圣彼得堡的夏园，也有北京的圆明园！

2003 年 4 月 11 日于翠华小屋

# 火炮的思考

Russia diary

伴随着浓烈的硝烟发展起来的技术也能给人以浪漫的遐想，这种感受是从路边一栋普普通通的六层大楼开始的。那楼居然是一所以教授海军和航天技术著称的波罗的海大学，一块不注意就看不清楚的校牌，一扇窄窄的只有两米宽的校门，里边没有大厅也没有广场，就像走进了哪所大学的单身宿舍。但见楼道挂着许多人的大幅肖像，长长的走廊像在举办一个现实主义的人物肖像展览，问及校长才知道那都是些在这所学校任教或毕业的成就斐然的人物。在居中一幅微笑的肖像前，校长颇为自豪地告诉我们那是前苏联大名鼎鼎的国防部长乌斯季诺夫，这所军事学校就是在他手上壮大起来的，因而学校也曾经称为乌斯季诺夫大学。只是那间校长室似乎与其名声相左，一张简单的办公桌和一张小小的会议案，把个办公室挤得满满的，有部电话还是老式的拨号机。有趣的是墙上几乎都是来自中国几所大学赠送的纪念品，方给这间简陋狭小的办公室添了些生

克里姆林宫的炮王

火炮博物馆的一角

气。尽管这些俄罗斯的学问家们谈及今日的生活也有颇多埋怨，但是言语间全是俄罗斯式的幽默。尽管在俄罗斯几乎看不到撩人心动的日用品，然而谈起俄罗斯今日之优势，他们趾高气扬地克里姆林宫里的炮王告诉我们，俄罗斯仍然是世界上最棒的国家，波罗的海大学仍然是最优秀的学院。中国不是刚刚购买了两艘俄罗斯的巡洋舰吗，那舰无坚不摧无往不胜，那上面就有他们设计的舰炮和稳定器。当我追问舰上装备可都是俄罗斯制造？他们不无戏谑地说，只有厨房是德国制造的。

我对俄罗斯人的胆识和自尊毫不怀疑，然而你想不到俄国人对武器的崇拜似乎到了顶礼膜拜的地步。我曾在深圳见过明斯克号航空母舰，上面就像是俄罗斯的武器库，舰炮导弹雷达飞机，琳琅满目应有尽有。我原以为那可能就是世界上最大的俄罗斯武器参观项目了，待那天校方领我们走进圣彼得堡火炮展览馆才知道是小巫见大巫了。一栋古老的大楼收集了大大小小上千门炮，你若悠悠地走过展池就像穿过浓烈的战争风云，在检阅一部厚重的火炮发展史。

看那种展览会体验到一种充满硝烟的震撼，不能不对这个民族的智慧肃然起敬。从原始的抛石器到最初的火炮，从二战中用过的迫击炮加农炮到今日驰骋疆场的榴弹炮高射炮。小的可在手中把玩，大的像一座钢铁碉堡。还有那为了表示皇家威严的礼仪火炮，无不在从容而又自豪地展示着自己的荣耀和功勋。特别是摆放在露天的那一大片上百门各式的自行炮火箭炮，宛如集结在市区的一支机械化炮群在等待出发命令。你站在那些冰冷的钢铁旁边，尽管你没有

博物馆里的自行火炮

经历过真实的战场，但你会听到火炮发出的隆隆轰响，会闻到扑面而来的硝烟，会想到击中的飞机和攻下的阵地，也会想起那些炮车边牺牲的战士。刚好我们一行多是火炮专家，可以轻易地指出火炮发展历程中标志性的装备，专家们特别告诉我，那里的一排中小型火炮是当年苏联援助中国的系列，橱窗里的文字一定还介绍了许多感人的故事，遗憾的是鲜有人喜欢对此执着挖掘。我想当年彼得大帝在这片沼泽地上扎根建寨的愿望就是要把俄罗斯民族融入欧洲影响世界，而这些火炮当是他和他的后辈们实现梦想的最好工具。只是与火炮博物馆隔河相对的发迹之地彼得要塞早已成了文化胜地，游人如织歌舞升平，唯有那高高的灰墙和这些火炮还能透出历史的企望与沧桑。

俄罗斯多年来把智慧和潜力都倾注到了武器上，从而令朋友和敌人肃然起敬。正是基于这一点，俄罗斯人谈起今日世界的格局，仍然会毫不犹豫地说俄罗斯依然是世界顶级强国，理由就是它所具备的武器的实力。的确，武器的实力给俄罗斯人以极大的勇气和力量。我曾在克里姆林宫见到过一门上世纪初的火炮，那口径大得吓人，直径足有一米多，旁边还放着三两枚数人难以搬动的乌黑弹丸，粗壮的炮管指向蓝天，犹如卧着的一头雄狮，随时准备跃起准备发出咆哮，我估计那门炮更多的是一种威慑，可能造好后摆在那里就没有用过。但是今天的俄罗斯就没那么幸运了，在我们去访问前不久，一架大型直升机居然会被车臣反政府武装的火箭击落，熊熊大火把一百多名鲜活的生命带入天堂。我们注意到在悼念仪式上，身披黄袍的神父居然成为了主角，那位领我们参观的校长告诉我们，现在俄罗斯军队已经取消了政委制，原来的各级政委们相当部分已变成了神父，军队出征前线不见了政委们慷慨激昂的演说，代之以神父镇静的祈祷和洒向士兵的庄严圣水，以那祈祷和圣水保佑他们的平安和胜利，然而战场不相信眼泪，总会让一些鲜活的眼眸失去光明。三百年来，要塞的岸防炮可以使海盗们望而却步，上世纪的“卡秋莎”更使侵略者闻风丧胆，那今天林立的导弹更在宣示着俄罗斯的梦想。

但是，士兵们携着火炮揣着梦想坚定地冲进战场，而在历史的册页中在博物馆的大厅里在学校的教堂上却只剩下了冷冰冰的武器，只剩下了涂着厚重油彩的炮群……

2003年12月16日于古城南郊

# 也是阳春白雪

Russia diary

我本来是不爱看戏的，但俄罗斯的舞台艺术却令我如醉如痴。

那是在圣彼得堡中心的尼古拉宫，我们有幸去观赏一台民族歌舞。没想到那座宫殿十月革命的时候，列宁曾率指挥机关驻扎在此，留下了许多有关伟人的奇闻轶事，其中一个手笔便是将其更名为“劳动人民文化宫”。尽管这里已经恢复了十月革命前的名称，但我注意到宫殿门楣旁还贴有一块半米见方的洁白大理石纪念牌，上面刻有列宁的浮雕头像，几行俄文大概记载了这里曾经发生的历史，使那天的晚会平添了些许魅力。有趣的是当我们乘坐的轿车在宫门前刚刚停下，三位在蒙蒙细雨中肃立的乐手便奏起了中国的国歌，且不说那节奏纯正娴熟，仅仅在万里之遥的异国他乡听到自己祖国最强的旋律，那是一种什么心情在国内是绝难体会到的。我定睛细看，那三位街头音乐家身着沙俄军服样的浅蓝礼服，袖口衣领以及胸前还镶有红色的绣条，一把长号一支萨克斯一架手风琴把中华民族耳

尼古拉宫墙上的历史

熟能详的旋律演奏得激情荡漾。看到他们脚下那只盛钱的小铁桶方才明白，这仍然是一种谋生的手段。然而看到我们下车未经搭话，就知道奏响中国国歌以示敬意，至少说明中国的旅游者在一天天增多，祖国的影响力已经不能小觑。于是我们有意停留了一会儿以示欣赏。一曲终了，那乐手们又演奏起在中国家喻户晓的歌曲《社会主义好》。这多少有些幽默，社会主义在这片黑土地上已经被一些政客们糟蹋得面目全非，但在中国仍然是蓬勃向上的太阳，不知道他们如此这般是有意向我们献殷勤还是有意对刚刚过去的社会变革发泄抗议。于是我们有人在那小铁桶里放进一把卢布，那乐手们受到鼓舞愈发地将那乐曲吹奏得铿锵有力，引得其他肤色的游客也和我们一起鼓起掌来。

圣彼得堡歌舞剧院

那晚尼古拉宫的歌舞完全是民族风情的展示。不管是那热烈大胆的民歌联唱，还是那些纯朴夸张的民间舞蹈，男女演员们身披鲜艳的民族服饰，大幅扭胯半蹲踢腿，用那幽默的语言表达着对田园生活的赞美。我的俄罗斯民俗知识几乎为零，不知道那些表演代表了俄罗斯哪个民族,但那些青年男女灵巧奔放的舞蹈的确使人陶醉。劳动间隙他们扔掉农具就扭起腰肢表达爱意，丰收麦场他们山呼海啸感谢神的恩赐，农闲时节他们更把情歌唱得山林也害起羞来，置身在这种氛围里怎能不被这种情绪所感染，更使得观众里许多人在座位上随着节奏摇头晃脑起来，看来我们这些整天陷在欲望的烦恼之中的人也是累得慌，太需要如此放肆地发泄一番了。看着他们动情投入的表演，终于有人被那一双双火辣辣的眼睛撩拨得忘记自己是个“老外”了，激动地冲上舞台与那些热力四射的青春少年们好一番舞蹈“较量”。直到有铃声催促剧间休息了，人们才恋恋不舍地涌到剧场外边。我没想到这尼古拉宫还为大家准备了一顿免费的自助夜宵，好家伙，那啤酒橙汁牛奶咖啡香肠面包，香香浓浓，林林总总，沿那楼道摆了长长一溜，华丽的枝形吊灯下，人们绅士十足地端着啤酒嚼着火腿，三五一堆窃窃私语，真像曾经在小说里见过的贵族社交盛况。突然前边的人们涌动起来，镁光灯也不停地忽忽闪闪，我不由得挤身向前，原来是刚刚活跃在舞台上的漂亮姑娘又走进观众中间与有意者合影留念，但这个参与性的“节目”是要邀请者付费的，好在姑娘们训练有素大方开朗，怎么逗趣戏谑都是灿烂的笑脸，以致铃声再次响起，与姑娘们的合影仍然乐此不疲。

而那享誉世界的俄罗斯芭蕾舞更洋溢着一番贵族风韵。到那天

古典芭蕾舞《睡美人》

才知道，那古典芭蕾就是一种理想化的舞蹈形式，穿着足尖鞋的女演员以轻柔的体态在空间舞动，似乎想摆脱地心的引力，表现了浪漫自由的情怀。当时一出现就赢得骑士阶层的崇拜。那天我们乘出租车来到市中心的圣彼得堡歌舞剧院。这地方显然是昔日贵族们喜欢出没的交际场所，门前没有台阶，只一个圆形的嵌着小青石的小广场。可以想象当年那些达官贵人的马车款款驶来，趾高气扬地从这儿进入剧院，等待他们的是极尽奢华的五层看台的大剧场，两侧还设有许多金色包厢。其实那包厢在剧场侧面，看舞台戏并不是最佳位置，但有人觉得舒服觉得与众不同觉得高人一等，所以包厢的价格是普通座位的三到五倍。而且那剧场装饰得金碧辉煌，落进座位环顾左右大都西装革履珠光宝气，我便不由得感觉自己也贵族起来，很长时间我扫视这个雍容华贵的剧场，心想一般低俗的演出大概难登这座大雅之堂，只有那洁白的小天鹅与那英俊的王子配在这儿演绎如泣如诉的传说。那红色的帷幕终于拉开了，舞台上果真上演了一位王子与一位姑娘战胜巫婆终成爱侣的浪漫童话。

以前我曾在国内看过几次芭蕾舞样板戏和古典芭蕾片断，只觉得这芭蕾是一种欧洲舞蹈形式并没有更深的感觉，但当欣赏到世界顶尖级的艺术家优美舒展的表演，真可谓一饱眼福。尤其是那庆贺孩子降生和王子婚礼的场面，更是艺术家们精湛绝伦的芭蕾语言的展览。这部由柴可夫斯基作曲的《睡美人》，没有复杂的情节和厚重的主题，却经久不衰地在欧洲大地上风光了一百多年。显然那剧情只是一个简单的壳体，人们欣赏的是呈现在这个壳里的表演艺术。俄罗斯音乐家舞蹈家奉献给观众的这顿阳春白雪的艺术大餐，使剧场里所有人陶醉了，四周静得只听见一种奇妙的旋律在四周萦绕，特别是乐曲间歇，仿佛一根针坠地也能让满剧场的人侧目。本来剧场有规定不准拍照，但面对这美丽如梦的情景，我难以无动于衷，骨子里的劣根性便张扬起来，偷偷地端起相机拍了十几张，终于引来一位年迈的女服务员严肃的警告。

幕间休息了，人们又涌进剧场周围的走廊，我开始还认为这是浪费时间，但当我很绅士地端起加冰的橙汁在那历史的走廊里徜徉，终于体会到欧洲人其实把观看表演当成了一种休闲和社交。老相识新朋友忙碌了一段时间后，聚到这里聊聊天说说事，其情也深，其味也浓啊。而且俄罗斯人精心地在展厅里用一张张光鲜照人的剧照和一块块缩小的舞台泥塑展现了剧团辉煌的历史。我看不懂展览的那些个剧目，但那一张张个性化的剧照告诉我，这个走廊其实就是这个剧院的“星光大道”，只要曾经在艺术上有所创造就应该在“大道”上留下光辉形象。我想中国有作为的剧团也应学习这种做法，装饰起自己的“星光大道”来，让艺术家们在这样的氛围下自由发展一定非常舒坦。这时有位端着红酒的芬兰姑娘用蹩脚的汉语告诉我，这些获得过人民艺术家荣誉的功勋演员在西欧演出的票价是两百美元，今天仅仅是四分之一，而演出的效果比在国外还要精彩。离开俄罗斯的前一天，我们在莫斯科一个室内体育馆观赏了一场大马戏表演。坦率地说那台晚会就是一些狗熊马牛穿着衣服跳高识字钻火圈，两个脸谱化的小丑不时做出滑稽的动作，甚至会掏出些东方民族不习惯公开的私密用品引来哄场欢闹。然而让人惊叹的是，演员们在那高悬几十米的剧场顶部纵身一跳，栽进地网又高高弹起，还能做出令人眼花缭乱的动作来。如此这般，也惊得心烦，我步出剧场，发现环廊里正有一只只动物在与人合影留念，这可是一道特别的风景线。有条大蟒蛇一圈圈缠了姑娘一身，吓得她脸色苍白吐舌头，有只老虎背上驮了少年，突然骑下一声喘息却吓得少年哇哇大哭，即使有人在鹰爪下露出笑容也非常的勉强。我只好又回到喧闹的剧场，观众正为环绕舞台奔跑的一群野牛狂呼乱叫。看来在这个地方看戏，比其他地方要放纵得多，人们服装穿得非常随便，剧场的秩序也与国内有了相似的感觉，也就没有了什么绅士风度。

看来艺术的魅力可以渗透到每个角落呢。

2004 年 1 月 25 日于古城南郊

# 油画的感觉

Russia diary

我喜爱俄罗斯美丽的油画，风光无限啊。

也许是因了俄罗斯近代出现了像列宾这样杰出的画家，使得俄罗斯的绘画艺术形成了特有的魅力。也许是六十年代中学课本里《伏尔加河上的纤夫》给了我们深刻无比的感悟和印象，也许是我们参观的大小宫殿都藏有数以千计万计的油画珍品，使得我们这些来自东方古国的人们自然地受到熏陶受到感悟。几乎一幅小品就是一首抒情的诗，一幅人物就是一篇美妙的交响乐，一幅全景就是一部深沉的长篇小说，一旦启动阅读就会回味无穷，当我们步入那著名的“特列季亚科夫画廊”，心里就充满了敬意与虔诚。这是一处外观看上去规模不大但古风犹存的小楼，进去了才知道里边非常宽敞。陈列在这里的油画是时任莫斯科市市长的特列季亚科夫兄弟在十九世纪末捐给这座年轻城市的，据说全俄罗斯数这里的油画艺术品位最高。我对俄罗斯绘画没有多少知识，

伏尔加河上的纤夫（油画）

只知道那幅刻画准确细腻的《伏尔加河上的纤夫》促进了俄罗斯农奴制的消亡。似乎那个画廊最著名的油画是列宾创作的那幅血淋淋的《伊万雷帝杀死儿子》，独具慧眼的画家抓住了那个历史的瞬间，把父子俩内心的懊悔与矛盾表现得淋漓尽致，使观赏者站到作品面前就会产生心灵颤栗。由于这幅作品的特殊魅力，竟使许多观众难以自禁。大概在上世纪下半叶，曾经有一位青年就在画作前情绪失控拔刀冲向画布，几乎把那作品割成碎片，然而经过修复却让我们根本看不出破绽。只让人叹息的是当时的保管员见到画被刀刺，竟然卧轨自杀了。还有一幅描绘战场偃旗息鼓的大幅作品，一位将军面对着数不清的尸骨正在寒风中做着无言的哀悼，不知是对士兵的勇敢表示敬意，还是对自己的指挥表达忏悔，令人涌起无限感慨和痛楚回味。这些作品的主题太压抑了，我喜爱那些风和日丽的风景画，可给人以宁静和舒心的享受。尤其有些作品精致地表现了大自然的妩媚风采，细细读来会令人忘掉荣辱利禄而流连忘返。所以当我们走出画廊，有人提议去看看莫斯科河畔的油画市场，我便立即附和了。

我曾经在圣彼得堡光顾过画摊，那是涅瓦街上一处专售油画的贸易市场，规模虽然不大但各类风格的作品倒也齐全，价格似也不贵，来往的路人掏钱的却不多，在我们欣赏了两家专业画店以后便彻底放弃了在画摊上买画的念头。我们先是被导游领进了一家小巷深处的画店，里边的作品粗粗一看就知道比街摊的水平高出几个等级，同行中有人用一千美元买了一位画家五幅作品，我看中了一幅恬静和悠闲的秋景，还是那位画家的小品，是典型的俄罗斯的秋色，小径密林阳光水迹，一对情侣在小径上依偎着朝密林深处走去，多美的一幅田园风光啊。店主报价要三百美元，我以为太贵随意砍到一百五十美元，又说了几句瞥脚的行话，没想到店主盯着我的眼睛，以为遇上了中国同行，居然点头同意了，这让已付过画款的同事心中不悦却也无奈了。

然而当我们那天来到莫斯科河畔，来到彼得大帝的远征船边，禁不住被这个露天的油画市场给惊呆了。这个市场顺河畔的街沿一字排开，呈现了一个巨大的艺术与市场的氛围，卖画者有的是画商，更多的则是画家自己在出售作品。你慢慢地边走边看边聊，仿佛徜徉在艺术的大殿里，蓝天是顶大道为厅，真真别有一番趣

油画市场

Russia diary

味呢。当然，有的作品显然是初学者涂鸦，全是模仿的痕迹，有些作品则品位高雅，颇见功底，而且几乎各种学术门派的作品都可以在这里找到自己的孪生姐妹或克隆兄弟。我忽见一位画家面前有几幅静物花卉很是动人，连露珠和光线都透出了质感，且那作者看上去也憨厚纯朴，虽有五十多岁显然还没有出名，否则决不会凑到这儿来摆地摊的。他当然想卖了，却对我递上的计算器只扫一眼就摇起头来，无奈之下我搜尽囊中银两买了三幅小品。画家显然一天没有遇到过买卖，遇到知音很是兴奋了一番，还给我留下了他的电话与地址。晚上回到大使馆招待所，我们都把自己的战利品拿出来，床上桌上摆得到处都是画框，俨然一个小小的展览了。虽说大家都有或多或少的遗憾，但因为是自己所购便也十分欣赏，兴致勃勃地想着带回国是送朋友还是装饰自己的家。这是美丽带给人的美丽情绪。然而谁也没想到，在莫斯科机场海关，一位年轻的关员见到我们买的那些油画，斩钉截铁地叫我们去国家文化部开鉴定证明，说是非文物方可出境，否则要留滞海关等候处理。这算什么事？这些画怎么可能是文物？都是在市场上买的小装饰，况且油画能出国是促进俄罗斯经济发展，应该鼓励支持怎么要限制呢？但这些理论已无人注意了，情急之下随行翻译示意可以给他一百美元，那位关员居然提示必须是两百美元，而且示意要把美钞夹在护照里悄悄递给他。飞机已快起飞了，出于无奈只好答应，只见那位关员以外人不易察觉的娴熟动作把美元塞进自己兜里，于是我们所有的行李便大摇大摆地出了海关，登上了返回北京的航班。待莫斯科的灯光渐渐从我们视野里消失了，大家才恍然大悟：什么文化部鉴定盖章，完全是托词完全是为了敲诈美元，而我们的做法也自觉汗颜，长达十三个小时的旅途谁也不愿再提及此事。唉，那一堆的油画也似乎失去了刚购时的光彩。

2003 年 11 月 20 日于古城南郊

# 附 录

*The appendix*

# 中俄友谊的美丽象征

## ——为《俄罗斯日记》俄文版序

根·谢·施拉普诺夫

一位在前苏联援建的军工厂成长起来的中国作家，一段挥之不去的“俄罗斯情结”，一部记述旅俄见闻的政治文化散文集，一项以俄罗斯艺术大师契诃夫命名的文学大奖——这诸多俄罗斯元素汇聚在一起，成就了中俄文化交流史上的一段佳话。其主人公，便是《俄罗斯日记》这部散文集的作者——阿莹先生。

阿莹是当今中国文坛具有重要影响的散文作家和剧作家。百余万字的作品，不同题材和体裁的广泛开掘，个性化的创作追求和个人化的语言风格，使他屡屡荣获中国国家级的文学和艺术大奖，赢得了各阶层的众多读者和观众。“契诃夫文学奖”是他所获得的首个国际性文学奖项，也是我本人有幸结识这位杰出的中国作家的契机。

2013年11月底，当我代表俄罗斯作家协会契诃夫文学奖评委会，将金色的勋章戴到阿莹的西装上衣上时，坐落于北京东城的中国现代文学馆会议室爆发出雷鸣般的掌声，这既是对阿莹文学才华的由衷赞扬，也是对他持续了半个世纪的“俄罗斯情结”和他热心从事的中俄文化交流事业的崇高评价。

世界上的作家，大致分为两种不同的写作方式：一种是用大脑和思维写作，另一种是用内心和灵魂写作。在我看来，阿莹就是那个用心灵写作的人。这是一颗充盈着诗情与哲思的美好心灵。他用这颗明澈透亮的心观察体悟俄罗斯的昨天与今天、现实与变革，处处浸润着感人肺腑的深情；他用这颗明澈透亮的心对俄罗斯的历史和文化，对中俄两个伟大民族半个多世纪以来肩并肩或背靠背走过的路进行了深刻的反思，处处闪耀着独特的发现；他用这颗明澈透亮的心对散文的新文体进行了创造性的探索，用自己独特的语言去抒发自己独特的思考；他用这颗明澈透亮的心创造了一种戏谑与忧伤并存、嘲弄与沉思相伴的卓尔不群的“大幽默”境界。《俄罗斯日记》已成为中俄两国作家和两国人民友谊的美丽象征。

这不禁使我回忆起八十多年前的一位伟大的先驱者。二十世纪最早来到我们这块土地并留下了游记文字的中国人，当是在中国现代政治史和文学史上均占有重要地位的瞿秋白先生。他的《赤都心史》和《饿乡纪程》，可谓中国人观察、思考当时之俄罗斯的代表作。瞿秋白先生不仅以文化人、翻译家的身份去记录、描写俄罗斯的种种见闻和风土人情，而且以政治家的眼光去思考这两个伟大民族和伟大国家的历史与现实、命运与发展，开创了用视野宏阔、思

2013 年 11 月 22 日，俄罗斯作家协会授奖代表施拉普诺夫在中国现代文学馆给阿莹颁奖

想深邃的“政治文化散文”来书写游记之先河。

大半个世纪过去了，欧亚大陆的这两个巨人历经时代风雨的洗礼，遵从本国人民的意愿和选择，分别走上了通往民主与富强的现代化强国之路。在全然不同的新的历史时期，阿莹先生又踏上了先辈曾经走过的访俄之路，留下了自己的足迹和自己的笔迹。两代人走在同一条路上，分别唱着自己时代的歌，共同充当着记录人类美好理想的书记官。沧海桑田，热血永存，殊途同归，一脉相承。诚如中国作家协会书记处书记、中国著名文艺评论家李敬泽先生所言：“阿莹先生遥承着瞿秋白先生当年所开创的这样一种文脉……这是中俄文化交流史上的一段佳话，也是中国现代游记散文传承中的一段佳话。”

颁奖大会结束后，一个突然萌生的念头令我兴奋不已：何不让我的广大同胞和我一起分享这份美好呢？于是，便有了世界出版社出版这部《俄罗斯日记》俄译本的动议。我希望，这部杰作从中规中矩的汉语方块字变成蝌蚪般的俄语字母之后，我亲爱的同胞们能够从中窥见中国作家眼里的俄罗斯，以及由它折射出来的中国作家、中国人民的精神风貌和文化情怀。

衷心感谢翻译和校勘这部作品的中俄两国语言专家，衷心感谢独具慧眼的世界出版社的出版家，当然，最后的、也是最重要的感谢，我还是要投向万里之外的那位热情而杰出的中俄文化使者——我亲爱的阿莹！

2014年7月于莫斯科

（作者系俄罗斯莫斯科作协副主席）

# 散文的新空间

李若冰

在这个春天徐徐来临的日子里，我断断续续地读完了阿莹同志的《俄罗斯日记》。他仿佛像我的导游，让我随着他娓娓动听的诉说，神驰了美丽的俄罗斯大地，也分享了一种深远悠长的情思和感悟。这也让我想起十年前的西欧之旅，异国风情给人的感受不仅丰饶，而且独特，别开生面。由于地理、历史、文化的背景不同，加上信仰、风俗、人情等诸多方面的差异，尽管行色匆匆，作家的思维显然是非常活跃的，感受也是敏锐而多情的。阿莹在出访俄罗斯的经历中，通过日记形式的散文作品，向读者陈述了这种真切的感触，不仅有知识性，也具有人文的思想内涵和自然景观、建筑艺术等方面的阅读审美价值。

我是从延安时代过来的，曾有一种“苏维埃情结”。阿莹在这部作品中反复说到的作者的类似“情结”，和我是相通的。俄罗斯的大地是美丽的，俄罗斯民族是一个伟大而智慧的民族，它的革命历史是让我们肃然起敬的。我们一代又一代人，受到过俄罗斯精神的熏陶，甚至于在血液里流淌着这种光荣和梦想。它的历史变革和由此而带来的现实社会状态，无论是民族精神的守护者，还是物欲时潮中人性和道德的萎缩现象，无论是思考，还是困惑，在阿莹的笔下都表现得很充分，既有真实情感，也有理性思考，同时又显得自然、风趣和幽默，给人以许多启迪。

阿莹写过不少的好小说，从这部书稿看，尽管体例上大致属于散文一类文字，但作家的立意、谋篇和行文，则不同于一般的泛泛的传统意义上的散文样式，显示出了散文的新空间。这需要敏锐的观察和学养，才能写出有创新意义的好散文来。其中一点，是他把所持有的小说功底，用到了游记散文之中，叙事的文字简约得当，人物的素描质朴传神，内心情感的阐述也很生动，使作品增添了与读者之间的亲和力。阿莹在旅途中拍摄了许多照片，文图并茂，对理解作品创意也极有帮助。

我想，读者对阿莹同志的《俄罗斯日记》是会喜欢的。

2004年3月31日于雍村

（作者系著名作家，陕西省文联名誉主席）

# 抒情在俄罗斯大地

周 明

每次回到家乡，都令我激动不已。除了陶醉于故乡的山山水水，享受乡情乡音外，家乡人、尤其是家乡这些肩负着重任的领导干部对文学的钟情与执着，也使我这个在首都文艺界工作的游子倍感欣慰和骄傲。

在老一辈革命家中，毛泽东同志不但自己热爱文艺，还在不同场合，提倡各级领导干部都能读点文学，读点鲁迅，写点文章，以提高自身修养和领导艺术。当时出了不少热爱文艺的领导干部，他们写出了不少好作品，受到读者喜爱。在陕西工作的领导同志中，热爱文艺、关心文艺工作是有传统的，不少人出版过长篇小说、散文随笔和诗词集。著名文学评论家阎纲把这种现象升华为“澄怀味象”的审美境界，颇能代表我们共同的心情。时下我省不少的领导部门中从事业余创作的也不乏其人，他们都具有很高的文学修养，创作了不少激动人心的作品，阿莹同志就是其中成绩斐然的一位。他既担负宣传战线的领导工作，又从事业余创作，且坚持不懈，我非常高兴。在同他接触中，你会感到在他温文尔雅的形象后面，是热血奔腾，是激情澎湃。他熟悉自己干过的每一份工作，对这些工作都充满了热情，而每一份工作，也都为他留下了不可磨灭的印记，因而他的文学创作也取得了不小的成绩。

阿莹同志曾经担任过陕西国防科工委副主任，他参与主编和撰写的报告文学集《中国 9910 行动》，展示了中国国防科技战线上那些勇于奉献的科学家们的风采和感人的故事，从中让我们实实在在地感受到陕西军工企业实际就是中国国防工业事业的缩影——这是一部中国国防工业走向现代化的创业史。此书出版发行后，在读者中引起强烈反响，并受到各方面的高度评价，这是阿莹作为国防工业战线上的一员，奉献给社会和读者的一份厚礼。

如今摆在我案头的这部随笔集的文稿，则是阿莹因公出访俄罗斯的日记集成。

提起俄罗斯，必然让我们想起前苏联。在上个世纪的中叶，“中国发生的许许多多事件都与‘苏联’这个已成为历史的名字纠缠在一起，时而阳光灿烂，时而暴风骤雨，时而大江浩荡，时而曙光微露”。前苏联的文学，那些伟大的作家和杰出的作品，曾影响和激励过我们共和国的几代人；那些动人的歌曲，稍有乐感的中年人都能哼唱几句。更重要的是，曾高高飘扬在克里姆林宫上的镶嵌镰刀斧头的旗帜和耀眼的五星，在我们心灵深处，留下了无法抹去的红色记忆。现在，在这部《俄罗斯日记》里，阿莹带着我们迎着早晨的太阳，走过红场的角角落落，跨进充满神秘的克里姆林宫，走近圣彼得堡，漫步涅瓦河，徜徉在充满异域特色的阿尔巴特步行街；带着我们阅读冬宫，拜祭新处女墓，感受优越的情结，欣赏美丽的夏园……无论是胜利广场的遐想，还是火炮的思考，抑或是被誉为凝固的历史之全俄展览中心，所有这一切，在笔墨触及之处，无不浸润着作者的感情色彩。面对俄罗斯的历史和现状，作者的情绪时高时低，有激情和厚爱，也有失落和郁闷。他的失落和郁闷使读者开始对俄罗斯的昨天进行反思，他的情和爱引发读者对俄罗斯的明天进行憧憬。游记作为一种文学体裁，最忌说明式的流水账写法。而阿莹的《俄罗斯日记》，却避免了这种可能发生的缺憾，在字里行间融会了作家的诗情和哲理。可以这样讲，《俄罗斯日记》虽只是十几万字的一本随笔集，但几乎每一篇作品都能为读者留下深刻的思索和启迪，这是难能可贵的。另外让我欣喜的是阿莹还在俄罗斯拍摄了许多有价值的照片，读文读图，都给人一种深沉而又惬意的享受，令读者回味和思索。作为省委一个工作部门的领导干部，可以想见阿莹同志的工作是非常繁忙的，但他却始终能坚持文学创作，其精神可佩。阿莹从事的是宣传文化方面的工作，我以为，搞创作既能使他很好地和艺术工作者进行心灵上的沟通，有利于工作开展，也使他在创作上取得了意外的收获。看得出，目前阿莹的创作已进入到一个新的境界，他有着相当的实力和潜力，我相信并期望阿莹能更上层楼，在今后的工作中更多地奉献才智，在文学创作上更好地释放异彩！

2004年春深4月，北京

（作者系著名文学家，中国现代文学馆原馆长）

# 散文创作个性化的“试纸”

## ——读阿莹《俄罗斯日记》的札记

陈孝英

他总是给读者带来阅读和观赏的特殊快感，他总是为读者创造艺术的特殊震撼，人们总在期待，下一次他将会用什么给这个世界带来别样的惊喜。即便是这本十年后再版的远非卷帙浩繁的游记——《俄罗斯日记》，也不例外。为了让俄罗斯读者和中国读者共同分享作者阿莹这次“精神远足”的独特感受，俄罗斯世界出版社决定出版其俄译本。参与本书翻译的过程，使我作为一名特殊的读者，通过语言转换的特殊桥梁，走进了作者那个性鲜明的艺术世界和内心世界，汉语和俄语彼此寻求默契、作者与译者心灵同频共振的数十个昼夜，为我留下了一份特殊的纪念——这便是本文的来由。

## 创造散文新文体的尝试

这本标明为“日记”的作品，它所标注的日期，其实并非作者旅俄时记在宾馆信笺和随身携带的笔记簿上的日期，而是他返国后整理成文的日期，这为作者保留了一段审美距离，使他可以将“睁大眼睛”观察得到的各种印象，再“眯起眼睛”加以审视、反思和重组。它虽被称作“游记”，也记下了不少异域见闻和人文风情，但这些通常被当作游记主角的审美对象，在本书中似乎更像是一种特殊的道具，由此衍生出作者对俄罗斯社会、历史、文化的说古论今与评析反思。它虽蒙评论家厚爱，被赋予“游记性艺术散文”或“文化散文”的桂冠，但作者那遮掩不住的政治情结、政治智慧和政治家眼光不断突破“艺术”与“文化”的樊篱，使这本《俄罗斯日记》更像是一部“政治文化散文”。它努力挣脱艺术形态学对“游记”、“散文”的规范，不仅拓展了其思想的容量，而且向姊妹艺术的技法张开双臂，吸收了小说的对话、诗歌的跳跃、杂文的犀利、评论的推断，乃至相声和小品的俏皮。它从表面看是二十首单曲的独奏，实际上却组成了一部浑然一体的交响曲，一本同一主题的系列散文集似乎亦可视为一部长篇散文，半个世纪前那位江南才子的概括“形散神不散”被这位北方汉子的《俄罗斯日记》赋予了新的诠释……

日记与游记，游记与散文，文化散文与政治文化散文，单曲联唱与交响曲，散文集与长篇散文——艺术形态学和文学分类法的种种传统边界于不经意间被一一穿透，开始变得模糊起来。

与此同时，另一种印象却一步步逐渐清晰起来，那就是作者对创作个性化的情有独钟，以及由此而生的对散文新文体的创造性尝试。

## “回娘家”的切肤痛思

屠格涅夫说过：“世上有两种人，一种是唐·吉诃德式的行动主义者，另一种是哈姆雷特式的思考者。”巴黎罗丹艺术馆小花园里陈列的两尊雕像具有象征的意味：“行动主义者”拿破仑安静地躺进了离凯旋门不远的一座金色圆形坟冢；而“思考者”但丁则孤独地坐在地狱之门的上方，他在继续思考着——这似乎象征着，唯有思想才是跨越时空的。屠格涅夫所说的“两种人”，在《俄罗斯日记》作者身上出现了合二为一的例外。有趣的是，这位破例者，其主业（工业、政治）虽与但丁风马牛不相及，但他在秧歌剧《米脂婆姨绥德汉》中创作的大段唱词，似可让他穿越时光隧道去与但丁切磋诗艺；而他生活和工作过多年的军工单位，更是与戎马一生的拿破仑一线相牵。

双重的身份，带来了他思考的双重优势。如前所述，他的散文不仅是文化的，也是政治的；其思考亦然。面对俄罗斯——前苏联这样一个对中国人来说独特得不能更独特的审美对象，这种特殊身份恰好帮了他的忙：流淌在血管里的文化人的热血，使他的思考有着“回娘家”般的炙热、真挚和“哀”其不争的痛楚；多年党政领导工作的耳濡目染，则使他的思考不能不带上某种宏观思维、实证精神和自我节制，并力求自己的判断能经得住历史的检验。本书初版于2004年，那时苏东巨变刚过去十多年，人们刚开始痛定思痛，许多档案也尚未解密；而当十年后本书再版时，作者当年的某些思考和一些政治学家关于“苏共亡党二十年祭”的研究结论居然并无相悖。无论是对赫鲁晓夫“黑白分明、棱角分明”的墓碑的解读、对戈尔巴乔夫“新思维”的“定格”、对普京“政治智慧”的阐述，还是对列宁于“一场混战”之后“最终抓住了胜利的果核，一切权力归苏维埃”的历史回顾，抑或是对“珍宝岛之战”和“九评”的评价，均可看出作者力求客观公正，忠于历史，并留有余地；一旦遇上难以评断的话题，便请出幽默与机智代劳。看来，历史的进程为人类的政治智慧留下了施展身手的广阔空间。

作者以这种双重身份所做出的思考，时有自己独特的发现。“战争是人类感情的摧残者也是创造者”；“战争，最痛苦的还是母亲”；“是千百万普通的士兵造就了大厅外边胸满勋章的将军们”；“如此玩命地与超级大国竞赛，难道仅仅是为了赢得世界的尊重吗”；“毁掉的才是最美的”；“古典芭蕾……穿着足尖鞋的女演员以轻柔的体态在空间舞动，似乎想摆脱地心的引力”；“俄罗斯民族是一部怎么也读不懂的书”……这些关于战争、军工、艺术和民族的闪耀着发现之光的箴言，实践了作者本人的论断：“独特的发现”，应该是游记“使人感同身受、产生共鸣”的“最珍贵的内容”。

作者“最珍贵”的发现，恐怕还在于对苏联解体后俄罗斯人精神世界的观察和思考。从冬宫、阿芙乐尔号巡洋舰和莫斯科机场海关工作人员屡屡索贿，他发现了当今某些俄罗斯人思想境界的下滑，又从拒收小费的宾馆服务员和羞于面对面向房客收取房租，更耻于按照市场价格提高租金的退休老工程师身上追寻到当年革命精神的遗痕。作者从对“娘家”现状的考察中既收获了欣慰，又不乏痛楚，俯仰之间，爱恨交加，力透纸背。

作品虽取名《俄罗斯日记》但其审美对象却不仅仅是作者自幼熟悉的这个北方邻邦，他无时无刻不把眼前看到的一切与自己身后的祖国加以比较，生发出种种优美的、壮美的甚或是凄美的联想。火炮研究所“黑笨”的设备与地上的油污，让他好像回到了上世纪八十年代国内的哪个机械厂。看到圣彼得堡建筑的整体性和谐，他想起了中国某些城市规划的杂乱无章，建议在这里开办一所城市规划学校。从中国皇帝送给沙皇的两对石狮，他联想到怎么不见西方贵族给中国皇帝送礼呢？同样的诘问还发生在夏园，当闻知夏园被德军占领后曾受到“小心保护”，爱国主义情怀使他不由得又愤愤然起来：“我们北京的皇家夏宫圆明园怎么就没有那样幸运呢？”尽管如此，他还是不忘提醒：颐和园应该像夏园那样，把设计者“明明白白地标注在所有的纪念册和标牌上”。最有趣的对比联想之引信，莫过于克里姆林宫国宝馆双人御座靠背上的那个小窗口了，当年两个小皇帝同登御座，那窗口后面则藏着幕后掌权大臣，于是作者不无幽默地感叹道：“这种垂帘听政的把戏看来还是人类各民族的共同‘财富’”！只出现喻体（俄罗斯的“幕后掌权大臣”），而隐去众所周知的本体（中国的慈禧太后），这种别具一格的“联想”，不禁使人联想起一种幽默常用的特殊比喻——借喻。

作者这些思考的结论固然精彩，但我认为本书还有一个也许更为重要的价值，那就是作者以自己贯穿全书的思考，有意无意地在培养读者的思考习惯和思考方法。“我思故我在”（笛卡尔）；“我在我必思”（王蒙）；“当你能够感觉你愿意感觉的东西，能够说出你所感觉到的东西的时候，这是非常幸福的时候”（马克思引塔西佗语）。能够带给人幸福感的思考，确是散文作家和他的读者之间“最珍贵的”纽带。

## 挑战语言“陌生化”的极限

《俄罗斯日记》对创作个性化的追求，它对散文新文体的尝试，不仅反映在思考者的独特身份、思考内容的独特品格和对思考对象的独特发现，而且更直观地体现为对语言表达个人化的努力。无论是再现访俄时的见闻与故事，还是回放异域印象所引起的政治性、历史性、文化性反思，作者都力求使用自己独特的表达方式，努力“寻找属于自己的句子”（海明威语）、自己的搭配、自己的节奏、自己的章法，千方百计创造自己笔下文字的摩擦力和陌生化。或改变词性，给旧词赋予新意，如“不由得感到自己也贵族起来”、“托起一组绝对布尔什维克的雕塑”；或活用熟语，唤醒人们对原始形象处于冬眠状态的注意力，如“每位（海关）关员的面前都有一只尘埃落定的小风扇”（意为落满灰尘）；或重复出现同一个词，挖掘语言的潜能和张力，如“这是美丽带给人的美丽情绪”、“但还有些现代，没能修旧如旧”；或将带反义性、对别性的词语连缀，制造意象之间的强烈碰撞，如“淡淡地张扬着自己鲜明的个性”、“平民的寂寞在撕咬着他高贵的思维”；或将非生物人格化，创造思维的交叉，如“妩媚的太阳”、“风韵犹存的土地”、“树叶都忘记了欢呼”、“空气也变得纯洁和高尚起来”、“把情歌唱得山林也害起羞来”；或颠覆成规，打破词语组合习惯，如“排练理想”、“复辟了沙皇时代的称谓”、“天上地下铺满了朝气蓬勃的太阳”。为此，他不得不跟语言的规范性谈判，要求约定俗成的字词搭配习惯做出妥协，有时为了挑战语言陌生化的极限，他甚至不惜牺牲规范性的某些规则，以最大限度地增强文字的摩擦力。这有点像卡车行驶在容易打滑的冰道上，驾驶员不得不给轮胎绑上防滑链以加大摩擦力。

作者对语言个人化的追求，包括那迅疾转换的意象、不拘一格的组接、重叠排比的句式、跳跃别致的语势、“点金成石”的反讽，以及信手拈来的对比联想和血脉贲张的连环诘问，使《俄罗斯日记》形成了自己特立独行的风格。有作家指出，他的语言“接上了传统中国的气脉”，使之与文学陕军有了相通之处，此言不谬。不过《俄罗斯日记》的语言给我印象最深的，还是作者那既追求个人化，又具有综合性的风格。他似乎力求将中国古代文学语言的古朴、典雅、精准、凝练与西方现代文学语言的跳脱、叠加、奇崛、异趣化为一体，试图摸索一种中西合璧的，富有独特表现力、感染力和创造力的现代汉语文学语言，从而使他在文学陕军中独树一帜。

于是，“陌生化”就被赋予了双重含义：一方面，他不喜因循，不恋熟路，力图加大摩擦力，从而使他的语言与教科书所规范的汉语相比似乎有点“另类”；与此同时，也使他在比较重视继承“传统中国的气脉”，而对吸收西方现代文学营养相对关注较少的文学陕军中显得个性鲜明。

## 学者型的冷幽默

也许是受职业习惯的影响吧，读《俄罗斯日记》时，我每每会被作者于不经意间闪露出的幽默感所吸引。如果说，开篇首句“那莫斯科的太阳居然会穿透厚厚的窗帘映到床头上”，拉开了全书幽默之旅的帷幕；那么，列宁格勒纪念坛铜像前两束“黄黄的桦树叶”的素描则纵情演绎了作者对经典幽默的创造性继承；而接近作品尾声的那一幕滑稽戏更为全书的幽默博览会画上了一个匪夷所思的感叹号：在社会主义“被一些政客们糟蹋得面目全非”的这片黑土地上，位于圣彼得堡中心的尼古拉宫大门前，身穿沙皇军服的俄罗斯乐手们居然“激情荡漾”地向中国观光者演奏《社会主义好》。

《俄罗斯日记》的幽默细无声地浸润到字里行间，显然不会让人误辨，但细加分辨，又觉得它与我们在现实生活和文艺作品中常见的那种幽默似乎有点不同。这或许同前述本书的“政治文化散文”的特点有关。既然作者运用的是一种特殊的审视态度、特殊的审美评价和特殊的表述方式，那么他笔下的幽默自然也会同一般文化人的幽默拉开某种距离。当我们看到社会主义之旗降下、沙皇军服重现和《社会主义好》被激情演奏的不谐调画面时；当我们面对“列宁先生”展示出招牌式的动作，将右手伸向前方，执著地继续着他那激情洋溢的演讲，被人谑称为“列宁‘打的’”的街头铜像时；当我们在“阿芙乐尔”号巡洋舰上邂逅了那位自称既无出生地（列宁格勒已变成圣彼得堡），又无国籍（苏联已解体）的“活化石般的老人”时；特别是当我们读到作者那些率真大气、毫不遮掩的自嘲时（例如，为了违规或违愿拍下一张渴望拥有的照片，作者居然称自己“骨子里的劣根性便张扬起来”，或者竟至于“献媚地夸她[拍摄对象]光彩照人”）……这时我们的感受，既不像听京津人“耍贫嘴”、东北人“唠嗑儿”、四川人“摆龙门阵”、陕西人“谝闲传”，也不像某些相声小品、幽默短信、网络段子取悦观众读者的“世俗幽默”和“文化大革命”前盛行的那种阉割了喜剧精神的所谓“歌颂性喜剧”。展现在我们面前的，是一种戏谑与忧伤并存，嘲弄与沉思相伴，滑稽走上了前台、机智伫立于侧幕、嘲讽潜伏在幕后的“大幽默”（恕我杜撰）。

这是一种学者型的冷幽默。这里所说的“学者”，是指政治学与文化学双栖的广义的研究者和思想者；这里所谓的“冷幽默”，是指一种彻底超越的心态和不事张扬的境界。它是用宇宙人看地球的眼光、过来人看往事的心态和“娘家人”叙家常的语调创造出来的政治智慧、意象智慧和语言智慧。它深藏于不动声色的冷面孔背后，镌刻着八百里秦川造就的豁达与豪爽，它似乎并不希冀喝彩，而是让火样的激情冷却下来，蒙上一层“淡泊”的面具，然惟其如此，才具有更加醇厚的回味。它未必会让你笑出声来，往往是笑意刚刚微露嘴角还无力爬上眉梢就被戛然阻断，化作心灵深处淡淡的乐感，以及相伴而来的或淡或浓的忧伤。

《俄罗斯日记》中的幽默和整个作品一样，颇具个性色彩。它厚积而薄发，趋雅而忌俗，诚于中而形于外，起于谑而止于虐。一个典型的例子，是作者对列宁格勒保卫战纪念坛铜像前那一幕生活即景的描写："铜像下刚刚有人献了花，一束是黄黄的桦树叶，另一束还是黄黄的桦树叶，浓浓的，鲜鲜的，给偌大的胜利广场平添了许多的遐想和生气。"和作者一样，我们不会忘记鲁迅先生在散文《野草·秋夜》开篇的那句名言："在我的后园，可以看见墙外有两株树，一株是枣树，还有一株也是枣树。"如果说，当年鲁迅运用"反复"的手法创造了使读者的合理预想扑空的东方式幽默，令人兴味盎然；那么，《俄罗斯日记》的"反复"则记录了作者用慢镜头逐一审视铜像前不止一束的金黄色祭品时的复杂感情。须知在那组被祭奠的铜像上，"一位母亲抱着死去的孩子欲哭无泪，一位青年托着已经倒下的情人悲愤填膺"，他们是九百天惨烈的城市保卫战中的几十万名丧生者的代表。在这样的大背景、大境界之下，作者用"反复"所创造出来的幽默，除了"戏谑与忧伤并存、嘲弄与沉思相伴"的"大幽默"之外，难道还能有什么别的选择吗？

我注意到，当作者深情而滞重地扫视了"一束"和"另一束""黄黄的桦树叶"之后，他同样深情而滞重地缀上了两个形容词："浓浓的"和"鲜鲜的"。作为其注释，作者在本节篇尾写道："我们望着纪念碑后边那片已经被晚霞映红的桦树林似乎明白了，浓浓的叶儿所以鲜艳如血是不朽的生命在燃烧，鲜鲜的叶儿所以蝴蝶般飞舞是寄托着逝者的深情祝福……”

正当作者对这两个普通的形容词所进行的并不普通的悲情抒发几乎遮蔽了此前用“反复”制造出的那一点点本来就相当淡薄的幽默感时，突然飞来了惊鸿一笔：“这时那位并不会幽默的老所长（那是俄罗斯的一个国家级火炮研究所）过来说，你们现在应该理解为什么俄罗斯民族喜欢面包喜欢黄叶还喜欢发展武器了吧？”

幽默与优美的抒情，幽默与催泪的悲情，幽默与钢铁般的哲理，幽默与“并不会幽默”的幽默创造者，就这样既并行又穿行着，既相融又相错着，既互补又互撞着，原来，政治与艺术、幽默与悲剧之间不过是一纸之隔，越境之笔一不留神就把它捅破了！

## 保持清醒的“文学圈‘票友’”

思考的个性化和语言的个人化追求，构成了《俄罗斯日记》最引人注目的特征。

所谓“个性化”或“个人化”创作，是对我们这里长期盛行的千人一面、千篇一律的审美观的校正，是对以扼杀创作个性为特征的群体性意识、集体性叙事的反拨。卢卡契说过，在我们这个时代，试图一次就抓住现实的全貌几乎是一种乌托邦式的幻想。无论多么伟大的作家，也难免会带有认识上的种种局限，因此，让每一位作家都从大一统的“群体”中剥离出来，首先将人还原为“人”，并进而还原为“个人”，然后再把一个个“个人”的智慧汇入“群体”的智慧大海，实在是接近现实本质的必由之路。正如有的学者指出的，个性化、个人化创作是一种真正的生命的涌动，是个人的感性与理性、记忆与想象、心灵与身体的飞翔与跳跃，在这种飞翔与跳跃中，真正的、本质的人将获得前所未有的解放。

《俄罗斯日记》为散文创作实现个性化、个人化提供了一张不可多得的试纸。所谓“试纸”，是一种用指示剂浸过的纸条，它可以检测出物质之中是否存在某种特定的化合物。《俄罗斯日记》使我们相信，思考个性化和语言个人化的成功化合，将有可能为我们的散文创作带来个性张扬、百舸争流的新气象，使我们的散文家获得新的视野和新的天地。

当然，这张试纸也没有向我们隐瞒实验的风险：政治和文化会打架，政治家和文化人会打架，政治家的智慧和他的局限也会打架，陌生化更是不可避免地时时与规范性打架；特别是个人化的语言追求、对语言规范性某些规则的牺牲，甚至向翻译家关于人类不同语言之间“可译性”的信条提出了挑战，使翻译的难度激增，让我和我的朋友们在翻译这本《俄罗斯日记》时叫苦不迭。好在这场实验的操盘手一如既往地保持着他的那份清醒：尽管实验屡屡成功、桂冠连连不断，但他仍执拗地把自己归入“文学圈‘票友’”之列，向那些埋头专事创作、硕果压弯了枝条的大作家们投去真诚钦羡的目光。

2014年6月26日于西安

（作者系中国喜剧协会会长，著名文学评论家）

Russia diary